U0103566

閱微草堂筆記選譯

紀昀 著
黃國聲 譯注

商務印書館

本書由江蘇鳳凰出版社有限公司授權出版

閱微草堂筆記選譯

作　　者：紀　昀
譯　　注：黃國聲
責任編輯：甘麗華
封面設計：涂　慧
出　　版：商務印書館（香港）有限公司
香港筲箕灣耀興道三號東滙廣場八樓
http://www.commercialpress.com.hk
發　　行：香港聯合書刊物流有限公司
香港新界大埔汀麗路三十六號中華商務印刷大廈三字樓
印　　刷：永利印刷有限公司
黃竹坑道五十六至六十號怡華工業大廈三字樓
版　　次：二〇一八年七月第一版第一次印刷

ISBN 978 962 07 4581 2
Printed in Hong Kong

前言

《閱微草堂筆記》是清代紀昀所著的五種筆記小說集的總名，它包括《灤陽消夏錄》六卷、《如是我聞》四卷、《槐西雜誌》四卷、《姑妄聽之》四卷、《灤陽續錄》六卷，由紀氏門人盛時彥合編印行。此書是清代文言小說的代表作之一，與蒲松齡的《聊齋志異》並稱，風行一時。

紀昀（1724—1805）字曉嵐，又字春帆，直隸獻縣（今河北獻縣）人。提起紀昀，他的大名反不如其字更為人們所熟知。關於紀曉嵐的多才急智、詼諧而又不拘小節、善於巧妙工穩地對對子的故事，一直廣泛流傳，為人們所津津樂道，以致常常忽略了他是位大學問家和大官吏。紀昀出身於官宦家庭，父親紀容舒曾任雲南姚安府知府。紀昀二十四歲中舉人，三十一歲中進士，入翰林院，從此仕途十分順利。先後任禮部、兵部尚書、協辦大學士等高官，一生安富尊榮，門生滿天下。在他五十歲的時候，被朝廷任命為《四庫全書》總纂官，領導一批學者編纂這部中國文化學術史上的巨大叢書。經過十三個春秋，《四庫全書》編成，紀昀完成了他一生中最為光輝的事業。其間，他還撰寫了《四庫全書總目提要》這部具有重要學術價值的著作。

《閱微草堂筆記》是紀昀晚年的作品。那時他已是個閱歷豐富、學問有成、賓朋眾多的人，於是「追錄見聞，憶及即書」（《灤陽消夏錄》序），加以「友朋聚集，多以異聞相告」（《槐西雜誌》序），對此紀昀也予以記錄。而講故事給他聽的人，包括各方面的人士，其中有親友、同僚、下屬、門生、故舊，有官差、僕役、遣犯以至三教九流的人物。由於故事的來源是多方面的，因而內容顯得豐富多彩，精粗雜陳：既有上層社會的故老遺聞，官場百態，人情翻覆，典章考證；也有下層百姓的曲巷瑣談，奇事異聞，醫卜星相，神鬼狐魅。這些或雅或俗、亦正亦奇的故事，從縱橫上下各個角度和方面反映了當時的社會生活，揭示了社會的種種矛盾，顯現了各個階級及其人物的善行與惡跡。

過去，人們常常把《閱微草堂筆記》與《聊齋志異》相提並論。新中國成立以後，對《聊齋志異》的研究有了巨大的進展，成就顯著，它的偉大作品的地位，是不容置疑的。但相比之下，對《閱微草堂筆記》的研究卻顯得十分薄弱和不足。由於研究得未曾深入，對其評價就尤其偏頗。比如說把紀昀視作「乾嘉時期統治階級在文化界的代表人物」，貶抑《閱微草堂筆記》是部宣傳封建倫理道德、因果報應，起着維護封建秩序、麻醉人民作用的作品。平情而論，《閱微草堂筆記》的成就當然比不上《聊齋志異》，《志異》的寄託作者孤憤，飽含民主思想，勇於向封建禮教挑戰，以及藝術上的奇情幻彩、曲折細膩等優點，是《閱微草堂筆記》所不可企及的。但是，《筆記》也有它自己的可貴特點。它繼承了六朝志怪小說的傳統而加以發展創新，有着自身明顯的獨特藝術風格。而且，它畢竟揭開了那看似華麗的盛世帷幕的一角，使人們看到了那些將要一發不可收拾的社會膿瘡和蛀洞。

那麼，《閱微草堂筆記》究竟反映了些甚麼呢？

清代官場是極為污濁、黑暗的。官員們貪污舞弊、魚肉百姓是十分平常的事，而官員間的互相傾軋排擠，也無時不在產生和進行。紀昀對這種現象是深惡痛絕的，在《筆記》中屢屢加以揭露和抨擊。如《鬼隱》採用寓言的形式，敍述明末一位官員因厭惡宦海風波，死後向陰司提出請求，來生不到陽間做官了。陰司按他來生應享的官級，改任他為陰曹的官吏。殊不料陰間的官場，其險惡與污濁和陽世完全無異。這官員失望之極，只好辭去陰曹的官職，隱居到荒山中去，以求清靜。他說，這裏雖然蕭索孤寂，但比起陰陽兩界的官場來，倒覺得有如天堂了。作者雖托言這是明末的事，而其用意卻是指斥同樣腐敗的清代官場。腐敗已經發展到不分陰陽、令人無所逃於其間的程度，這種感慨是何等的深沉，諷刺是何等的辛辣！

罪惡的官場裏，除了官僚外，還有圍繞在他們四周的幾種人，這就是幕客、書吏、長隨。他們雖然並無品級，甚至地位低下，卻是官僚政治中起着相當作用的人物。這些人憑藉官府的權力，採取舞文弄法、欺騙狡詐的手段，竭盡操縱翻覆之能事。他們對老百姓的敲詐勒索、壓迫陷害，已到了昧盡良心的地步。紀昀對這些是知道得很清楚的，在《灤陽消夏錄》卷六中，指斥他們說：「民命所關，無如守令，造福最易，造禍亦深。惟是種種冤愆，多非自作，冥司業鏡，罪有攸歸。其最為民害者：一曰吏，一曰役，一曰官之親屬，一曰官之僕隸。是四種人，無官之責，有官之權。官或自顧考成，彼則惟知牟利，依草附木，怙勢作威，足使人敲髓灑膏，吞聲泣血。四大洲內，惟此四種惡業最多。」從這個認識出發，他在《四救先生》裏，寫了幕客們處理官場事務的「四救」、「四不救」原則：只要保護主人和自己的利益，而全然不顧事情的是非和老百姓冤枉。在《交河吏》中，那個書吏橫行無忌、枉法害民的行徑，被刻畫得入木三分。而《長隨》中對僕役挾制上官的種種慣技的揭露，也使人對官場的黑幕有了更深刻的了解。紀昀從政日久，父親和眾多的親朋也擔任過地方官員，因而他對官場中許多不為人知的黑幕和離奇古怪的手段多所聞見，也就能淋漓盡致地刻畫出這些魑魅魍魎的面目。

清代統治者以異族入主中原後，為了鞏固政權，從精神上消蝕漢族人民的反抗意識，便極力推崇起程朱理學來。一些理學家也乘此機會出來做官、講學，形成了一種普遍的風氣。至於一些假道學家們，也趨風氣、趕潮流，高談「性理」之學，互相標榜，以此揚名獵官。他們既無學問，也無人品，胸中只有《五經大全》、《性理大全》這類書，卻整天侈談「道」與「理」，拿仁義綱常來桎梏人們的精神和行動，所謂「理學」實際上成為殺人的軟刀子。對於這類「內以自欺，外以欺乎天下」(《王源文集·與李中孚先生書》)的傢伙，紀昀是十分鄙視和痛恨的。《閱微草堂筆記》裏面，鞭撻和諷刺假道學的故事佔了很多。如《某醫》裏的醫生，因為固執一「理」字而不肯隨事變通，以致平白害死兩條人命。紀昀借此詰責道：「宋以來，固執一理而不揆事勢之利害者，獨此人哉！」矛頭明顯指向道學家。

在封建社會裏，人口買賣十分盛行。買來的奴僕，只是主人的一件物品，他們沒有人身自由，更沒有人格的尊嚴；主人對待奴僕，則是榮辱生殺，可以任意施為。

紀昀雖然極力維護封建制度及其倫理道德，但對於虐待、打殺奴僕的行為卻不贊成，這也表現了他思想上難以解決的矛盾。在《侍郎夫人》中，寫了幾個主人的暴行，各有各的殘酷花樣：或是把剛買到的婢女打得半死，使之「知畏」，以後才好使喚；或是房裏懸着兩條鞭子，鞭穗上都沾滿了奴隸的血跡，以示威懾。罪惡的主人最後受到報應而死，這是紀昀認為合理的解決辦法。但在《復仇》這個故事裏，他卻寫了幾個奴隸不堪迫害，最後採取報仇辦法的故事，還加以評論說：「弱者銜冤茹痛，鬱結莫申」，最後便要起來報仇，這是「勢所必至」，「理之自然」。紀昀從希望冥報來懲罰惡人發展到贊同奴隸起來報仇，這不能不說是他思想上可貴的、進步的一面。

在對下層人民的命運寄予同情的同時，紀昀對於富人的詭詐無情、唯利是視的本性是鄙薄和譴責的。《甲乙相仇》寫兩個富人相互陷害，狡詐毒辣，詭計迭出，最終是害人害己。《富人詭計》則寫富人利用金錢強奪別人妻子做老婆的罪惡，故事淋漓盡致地表現富翁如何層層設下陷阱，讓女人的婆家上鉤，又步步抹去自己作惡害人的痕跡，使人無法根究。其靈魂之齷齪可憎，手段之周密狠毒，正是富人本色，令人讀後不禁悚然生畏。

紀昀是位大學者，閱歷廣而見解通達，思想較為開明。因此，對下層人民的一些行為，只要是出於事勢所必需而又不致超越禮法太甚的，他往往持贊同和寬容的態度。在《太湖漁女》這個故事裏，漁女出嫁，在迎親船上驟遇風暴，滿船的人彷徨待斃。這時，平日慣於操舟破浪的漁家新娘毅然衝破封建禮法的束縛，親自駕船戰風搏浪，終得脫險，如期到婿家成親。新娘子的勇敢行為，在衛道之士眼中，自然是十分越禮違俗的，因為他們的準則是：寧可葬身波濤之中，也不能有絲毫的越軌。可是，紀昀卻和他們截然相反，充分讚揚了這種因應事勢作出通變的做法。《俠妓》是個大快人心的動人故事：某富人乘災荒的機會，囤着穀子不賣，以待好價。正當饑民束手待斃之際，一位妓女挺身而出，要救災救人。她假稱要嫁給那富翁，哄他將穀物立刻出售。待得饑民獲救，她才對富翁說不肯辜負養母之恩，將來有機會再談嫁娶的事吧。因為無媒無證，富翁也無可奈何。紀昀把這位風塵女子寫得有勇有謀，一身俠氣，而他自己的愛憎也就再鮮明不過了。

談狐說鬼，是《閱微草堂筆記》的主要特色，篇章亦最多。這類故事裏面，由於紀昀思想的局限，不免有借神道設教、宣揚因果輪回的封建糟粕。但他的思想也經常表現出一種矛盾現象，即並不十分相信鬼神的存在，他寫鬼神，不過是想借此維繫世道人心，勸善懲惡。在許多故事裏面，常常透露出他對鬼神存在與否的迷惘，於是，有些故事反倒起了破除迷信的客觀作用。如著名的《曹某不怕鬼》、《辨鬼》、《扮鬼偷盜》等，都是如此。借鬼情寫人情，以陰間寫人間，是《筆記》談神説鬼最顯著的特色。如《利己心》借陰間閻王之口譴責陽間官員的無能；《老學究》借鬼差之口譏諷道學家的全無學問；寫狐女的善良正直，是為了暴露人類的狡詐自私；《圓光術》、《乩詐》、《駁乩詩》等揭露神棍為賺錢而裝神弄鬼，更在客觀上證明了鬼神的虛妄。顯然，有目的地去寫狐鬼，是紀昀的宗旨，其中精彩可取的篇章，大都寄寓了對現實的批判，具有深刻的含意。

對於當時社會上的一些不良風氣和現象，紀昀也給予了抨擊。明代假名士盛行，至清代仍餘風未泯。這種人矯揉造作，高自標榜，欺世盜名，影響很壞。《遊士》是針對這種現象寫的。清代舉業盛行，讀書人一頭扎進科舉八股裏面討生活，以圖功名富貴，以致對人情世事懵然不曉。《書癡》便寫兩位書呆子在戰爭臨近、逃命不暇的時候，還在為大門上貼的門神到底是哪位古人而和別人爭辯不休，以致錯過逃難的機會，城陷被殺。無情地諷刺了科舉制度毒害下腐儒的迂遠可笑。《雲南一縣令》寫盡了世態炎涼、人情翻覆的種種情態。《京師騙術》則通過全國最大都市的各種行騙詐偽的故事，反映出整個社會的人情風貌。

《閱微草堂筆記》是一部有特色、有成就的筆記小說，但是，它又是部精華與糟粕並存的作品。由於紀昀世界觀的局限，書中不可避免地暴露了作者思想意識上許多先天的缺陷。如他在一定程度上同情奴隸的遭遇，但當奴僕不盡力效勞主人時，就不免要對他們詆毀咒罵。他心目中的理想秩序是上和下安，大家各盡本分，主人對下要和，而僕人對主人要盡忠盡力，決不容許造反。這種思想貫穿於《筆記》全書中。本書所選的故事，雖然都是其中較為可取的篇章，但終究會雜有一些陳舊落後或不健康的成分在內，這是我們在閱讀時要充分注意，加以辨別的。

清初是文字獄氾濫的時代，當時的人對此無不談虎色變。因而文人的著述，都極為小心謹慎，唯恐稍一疏忽，立刻招致飛來橫禍。但紀昀寫作《閱微草堂筆記》一書，卻敢於採用直接、間接的辦法，暴露社會的陰暗面，指斥道學家的虛偽害人，揭露官場黑暗，抨擊不合理現象。這些都是很犯統治者的忌諱的，沒有勇氣和膽量，怎能落筆，哪能成書？所以魯迅評價紀昀說：「他生在乾嘉間法紀最嚴的時代，竟敢借文章以攻擊社會上不通的禮法、荒謬的習俗，以當時的眼光看去，真算得很有魄力的一個人。」（《中國小說的歷史變遷》第六講）這個評價是很恰當的。同時也可以說，《閱微草堂筆記》這部書的可貴之處，恰恰也在於這一點上。

在藝術成就上，《閱微草堂筆記》也具有自己的特色，有其獨具的熠熠生光的成就。魯迅評價它說：「惟紀昀本長文筆，多見秘書，又襟懷夷曠，故凡測鬼神之情狀，發人間之幽微，托狐鬼以抒己見者，雋思妙語，時足解頤；間雜考辨，亦有灼見。敍述復雍容淡雅，天趣盎然，故後來無人能奪其席。」（《中國小說史略》第二十二篇）這是中肯的不易之論。按照這個標準，不妨分開論述：

一、風格雍容淡雅，天趣盎然。紀昀寫作本書的藝術追求，是「尚質黜華，追蹤晉宋」，因此文字力求簡淡雋永，不尚浮縟。比如《遊士》一篇，並沒有寫遊士的音容笑貌，只是從側面細寫其室中陳設和氣氛，娓娓道來，渾然不覺，而遊士之面目、舉止，躍然紙上。對他的評價，也沒有端出甚麼大道理或聖賢之言，而只借兩個道士的一問一答，遊士的嘴臉便栩然如繪。當然，簡淡的文筆，並不妨礙事件的描述，《李生恨事》中同時寫李生、李妻、岳父、盜魁四人，頭緒頗繁，交相錯織，紀昀卻能用簡練之筆，分頭敍述、交錯鋪敍得清清楚楚，足見其敍事之功力。當然，即使在這樣詳細紛繁的敍述中，其文筆仍然是保持簡淡自然的，尤其難能可貴。

二、刻畫人物，遺貌取神。這與上面的特點是一致的。《泥古不化》寫劉羽沖個性偏執，迷信古制、古法，處處依古法行事，結果事事失敗。死後，人們還常常見到他陰魂不息，口中翻來覆去念叨的只有一句話：「古人豈欺我哉！」只用這一句話，便把劉羽沖這位偏執到令人無法相信的人物，概括得更活靈活現了。《書癡》裏並沒有正面寫兩位書呆子的迂腐，只是表現了他倆喋喋不休地引經據典、辯論門神是誰的過程，便把不懂世事的迂儒活畫出來。

三、語言簡樸流暢，富有表現力。比如在《唐打獵》中，寫到老者打虎時，在他人或許會有許多關於其人的風采以及聲勢的描述，但紀昀只用幾十個字的簡潔準確的敍述，便把打虎人以及打虎過程全部交待清楚，而獵者的嫻熟技藝、勇敢和鎮定都在其中。不假雕飾而能寫出人物性格、事件發展的文字，是要具備相當功力才能達到的。紀昀的優長正在這裏。

對這樣一部有成就、有特色的作品進行選譯，將原著簡練高雅的文筆翻譯成現代漢語，就譯注者的功力來說，自知難於傳出原作的風神，唯力求準確、通暢而已。譯注時所用的底本為上海古籍出版社 1980 年出版的校點本，各則故事前的標題是譯注者擬的，謹此說明。

黃國聲（中山大學中國古文獻研究所）

目錄

老學究

明清科舉考的是八股文章，熱心於中進士、做官的人，便只知死捧着高頭講章和墨卷之類，日夜揣摩模仿，把天下大事、百姓苦樂以及有用的學問都置之腦後。這位塾師也深受八股之害，雖說讀書一生，胸中卻盡是些烏煙瘴氣的東西，別無他物。這個故事通過老學究其人辛辣地諷刺了封建科舉制度。至於鬼神自然是沒有的，不過是作者借此用作諷刺手段罷了。

愛堂先生言：聞有老學究夜行①，忽遇其亡友。學究素剛直，亦不怖畏，問：「君何往？」曰：「吾為冥吏，至南村有所勾攝，適同路耳。」因並行。至一破屋，鬼曰：「此文士廬也。」問：「何以知之？」曰：「凡人白晝營營，性靈汩沒，惟睡時一念不生，元神朗徹②，胸中所讀之書，字字皆吐光芒，自百竅而出。其狀縹渺繽紛，爛如錦繡。學如鄭、孔③，文如屈、宋、班、馬者④，上燭霄漢，與星月爭輝。次者數丈，次者數尺，以漸而差。極下者亦熒熒如一燈，照映戶牖⑤。人不能見，惟鬼神見之耳。此室上光芒高七八尺，以是而知。」

【注釋】❶學究：此特指迂腐淺陋的讀書人。❷元神：道家稱靈魂為元神。❸鄭、孔：漢代的鄭玄、孔安國，都是博通儒家經典的學者。❹屈、宋、班、馬：屈原、宋玉，是戰國時代的文學家；班固、司馬遷，是漢代的史學家、文學家。❺牖（yǒu）：窗。

學究問：「我讀書一生，睡中光芒當幾許？」鬼囁嚅良久曰：「昨過君塾，君方晝寢，見君胸中高頭講章一部，墨卷五六百篇①，經文七八十篇②，策略三四十篇③，字字化為黑煙，籠罩屋上。諸生誦讀之聲，如在濃雲密霧中。實未見光芒，不敢妄語。」學究怒叱之，鬼大笑而去。

【注釋】❶墨卷：科舉考試中，鄉試、會試考中者的試卷，被書商刻印發賣，供以後準備應考的人作為範本，這種書叫墨卷。❷經文：明清科舉考試的八股文，題目都出自四書五經，於是有人將這些經書中可能被作為出題的內容，分別寫成一篇篇文章，供學生熟背和抄襲，這些文章叫經文。❸策略：科舉考試還要考策問，是就經書、歷史、政治等方面提出問題，由考生逐一對答。有人便預先擬作了一些答問文章，供別人熟背或抄襲，這些文章便叫策略。

【翻譯】

愛堂先生講了這樣一個故事：有位老學究走夜路，忽然遇到一位已經去世的朋友。老學究的品性一向剛強正直，對鬼並不畏懼，便問道：「先生要去哪裏？」鬼友答道：「我在陰間當了個小官，現在到南邊村子裏去勾攝一個人的魂魄，正好和你同路。」於是兩人一道往前走去。到了一座破舊房子前，鬼友告訴老學究：「這是位文人住的房子。」學究問道：「你是怎麼知道的？」鬼友答道：「人們白天勞碌奔波，真情實性都被湮沒了。只有睡着的時候，一點雜念都沒有，靈魂才清朗明淨。這時，他胸中所讀過的書，每一個字都吐露着光芒，從身上各個孔竅透射而出。這些光芒若隱若現，紛紜交錯，燦爛得像錦繡一樣。那些學問像鄭玄、孔安國，文才像屈原、宋玉、班固、司馬遷那樣的人，身上放出的光芒便直照太空，和星星月亮爭相輝映；次一等的光芒有幾丈高，再次一等的是幾尺高。以下便按等級依次降低，到最低一級的也有熒熒如一盞燈火那樣的光芒，照映於門窗之上。這些光芒，世上人是看不見的，只有鬼神才能見到。如今這房子上的光芒有七八尺高，因而知道是文人住的房子。」

學究問道：「我讀了一輩子書，睡着時放出的光芒會有多高？」鬼友想說又不敢說地遲疑了好一陣，才說道：「昨天我經過你的書塾，你正好在午睡。我看見你胸中有高頭講章一部，墨卷五六百篇，經文七八十篇，策略三四十篇，每個字都化作黑煙，籠罩在房子上。你的學生們誦讀的聲音，像淹沒在濃雲密霧之中。實在沒有見到光芒，不敢亂說。」學究聽了，憤怒地斥責鬼友，鬼友哈哈大笑地走了。

無賴呂四

呂四兇狠專橫，到了無所忌憚的地步，雖得逞於一時，最終是自己害了自己。不過作者把這個結局歸結為因果報應，卻是不足取的。

滄州城南上河涯，有無賴呂四，兇橫無所不為，人畏如狼虎。一日薄暮，與諸惡少村外納涼。忽隱隱聞雷聲，風雨且至。遙見一少婦，避入河幹古廟中。呂語諸惡少曰：「彼可淫也。」時已入夜，陰雲黯黑。呂突入，掩其口。眾共褫衣還嬲①。俄電光穿牖，見狀貌似是其妻，急釋手問之，果不謬。呂大恚②，欲提妻擲河中。妻大號曰③：「汝欲淫人，致人淫我，天理昭然，汝尚欲殺我耶？」呂語塞，急覓衣褌，已隨風吹入河流矣。旁皇無計④，乃自負裸婦歸。雲散月明，滿村嘩笑，爭前問狀。呂無可置對，竟自投於河。

【注釋】❶褫（chǐ）：脱掉。遝嬲（tà niǎo）：輪姦。❷恚（huì）：憤怒。❸號（háo）：哭喊。❹旁皇：同「彷徨」。

蓋其妻歸寧①，約一月方歸。不虞母家遘回祿②，無屋可棲，乃先期返。呂不知而遘此難。後妻夢呂來曰：「我業重，當永墮泥犁③。緣生前事母尚盡孝，冥官檢籍④，得受蛇身，今往生矣。汝後夫不久至，善事新姑嫜⑤。陰律不孝罪至重，毋自蹈冥司湯鑊也⑥。」至妻再醮日⑦，屋角有赤練蛇垂首下視，意似眷眷。妻憶前夢，方舉首問之，俄聞門外鼓樂聲，蛇於屋上跳擲數四，奮然去。

【注釋】❶歸寧：已嫁女子回娘家省視父母。❷遘（gòu）：遇。回祿：傳說中的火神，後代指火災。❸泥犁：地獄。梵語的譯音。❹籍：登記冊。❺姑嫜：公婆。❻湯鑊（huò）：古代酷刑。湯是滾水，把人投入滾水中煮死。❼再醮（jiào）：再嫁。

【翻譯】

滄州城南上河邊，有個無賴叫呂四。他兇惡橫暴，甚麼事都做得出來，人們怕他像怕虎狼一樣。一天黃昏，呂四和幾個惡少年在村外乘涼，忽聽見隱隱有雷聲，風雨將要來了。遠遠看見有個少婦，避入河岸邊的古廟裏去了。呂四對那些惡少年說：「我們可以去姦淫她。」當時已是晚上，陰雲昏黑，呂四衝進去掩着婦人的嘴，其餘的人一同脫去她的衣服強姦。不久，閃電光射入窗內，呂四見女子的狀貌好像自己的妻子，急忙放開手一問，果然不錯。呂四大怒，想提着妻子丟入河裏。妻子大聲哭喊着：「你想姦淫別人，才弄得別人姦淫了我，天理清清楚楚，你還想殺我嗎？」呂四無話可說，急忙尋找她的衣褲，但已被風吹入河流了。呂四彷徨想不出辦法，於是背起裸體的妻子回家。這時雲散月明，滿村的人喧嘩取笑，爭着向前詢問情況。呂四無言可答，竟自己去投河了。

原來他妻子回娘家探望，原先約定一個月才回來。不料娘家遭到火災，沒有房子住了，於是她只好提前回家。呂四不知道，因而造成這次災難。後來他妻子夢見呂四來說：「我罪孽深重，應當永遠墮入地獄，只因我生前對母親還能盡孝道，陰司官員查檢冊籍時定我應轉世為蛇，現在我去投胎了。你的後夫不久會來，你好好侍奉新公婆吧。陰間的法律規定，不孝的罪最重，你可不要使自己將來陷入陰司的湯鑊裏呀。」

到了呂四妻子再嫁的日子，屋角有條赤練蛇低着頭往下看，神情好像有點戀戀不捨。他妻子回想起前時的夢，正要抬頭問牠，這時聽見門外傳來打鼓奏樂的聲音，蛇在屋上蹦跳了幾下，迅速地爬走了。

利己心

這是一篇諷刺寓言。作者通過陰司審訊鬼魂的問答，諷刺了自命清高的士大夫和道貌岸然的道學家，指出他們也不免會有利己之心，反不及區區農婦之可敬。接着再進一層，指出當官的就算不懷利己之心，所到之處僅飲人家一杯水，都不能算盡職。只有做到為人民興利除弊，解救疾苦，才是好官，否則便連木偶也不如了。封建時代平庸昏聵的官吏滿天下，作者的諷刺是有感而發的。

北村鄭蘇仙，一日夢至冥府，見閻羅王方錄囚①。有鄰村一媼至殿前，王改容拱手，賜以杯茗，命冥吏速送生善處。鄭私叩冥吏曰②：「此農家老婦，有何功德？」冥吏曰：「是媪一生無利己損人心。夫利己之心，雖賢士大夫或不免。然利己者必損人，種種機械③，因是而生；種種冤愆④，因是而造；甚至貽臭萬年，流毒四海，皆此一念為害也。此一村婦而能自制其私心，讀書講學之儒，對之多愧色矣。何怪王之加禮乎！」鄭素有心計，聞之惕然而寤⑤。

【注釋】❶錄囚：審察記錄囚犯的罪狀。❷私叩：偷偷詢問。❸機械：巧詐。❹愆（qiān）：罪過。❺寤（wù）：睡醒。

鄭又言，此媪未至以前，有一官公服昂然入，自稱所至但飲一杯水，今無愧鬼神。王哂曰①：「設官以治民，下至驛丞閘官②，皆有利弊之當理。但不要錢即為好官，植木偶於堂，並水不飲，不更勝公乎？」官又辯曰：「某雖無功，亦無罪。」王曰：「公一生處處求自全，某獄某獄，避嫌疑而不言，非負民乎？某事某事，畏煩重而不舉，非負國乎？三載考績之謂何③？無功即有罪矣。」

官大踧踖④，鋒棱頓減。王徐顧笑曰：「怪公盛氣耳。平心而論，要是三四等好官，來生尚不失冠帶⑤。」促命即送轉輪王⑥。

【注釋】❶哂（shěn）：微笑。❷驛丞閘官：驛是古時供傳遞政府文書的人或來往官員暫住、換馬的處所，設丞以管理。驛丞是個小官。閘官：管水閘的官。❸三載考績：清代定例，每三年一次考查官員的政績，做出評語，作為任免升降的依據。❹踧踖（cù jí）：恭敬而不安的樣子。❺冠帶：官員的衣帽，代指官職。❻轉輪王：俗傳地獄有十殿閻羅，第十殿為轉輪王，主管鬼魂轉生陽世的事情。

觀此二事，知人心微曖①，鬼神皆得而窺，雖賢者一念之私，亦不免於責備。「相爾在室」②，其信然乎！

卷一《灤陽消夏錄》一

【注釋】❶微曖（ài）：微，隱蔽。曖，昏暗不明。❷相爾在室：《詩經・大雅・抑》有「相爾在室，尚不愧於屋漏」句，意思是反省一下你自己（的行為），應該無愧於屋裏的鬼神。

【翻譯】

北村人鄭蘇仙，一天夢裏到了地府，見閻羅王正在審查記錄犯人的罪狀。有鄰村一位老婦來到殿前，閻羅王見了，頓時面露恭敬之色，拱手致意，賜給她一杯茶，並命令陰官從速送她去投生個好地方。鄭蘇仙偷偷問陰官道：「她不過是個農家老婦，有甚麼功德？」陰官說：「這個老婦一生都沒有利己損人的心。而這利己之心，雖是賢德的士大夫也難免的。但是，利己的人必定損害他人，於是種種奸詐行為，便由這裏產生；種種冤仇罪過，便從這裏製造出來。甚至落得遺臭萬年，流毒四海，也都是這個念頭造成的禍害。這個人雖是村婦，但能克制自己的私心，讀書講學的儒者，和她相比也應該慚愧。閻羅王對她禮遇，這有甚麼好奇怪呢？」鄭某素來悟性很好，聽了這些話就驚醒了。

鄭蘇仙又說：這老婦未到之前，曾有一位官員，穿着官服昂然而入。他自稱做官清廉，所到之處都只飲一杯水，現在可以無愧於鬼神。閻羅王笑道：「設立官職是為了治理人民，即使低至驛丞、閘官這等小官，都有興利除弊的事要辦。如果說凡是不要錢的便是好官，那麼，擺個木偶於大堂，它連水都不飲，豈不更勝於你嗎？」官員又辯解道：「我雖沒有功勞，但也沒有罪過。」閻王說：「你一生處處只求保全自己，某件某件案子，你為避嫌疑而不敢說話，這不是對不起人民嗎？某件某件事情，你怕煩難而不願興辦，這不是對不起國家嗎？三年一次考核政績的制度是怎麼回事？沒有政績就是有罪過了。」官員顯出十分恭敬而不安的樣子，鋒芒頓時削減。閻王慢慢回頭看着他笑道：「我不過是怪你盛氣凌人罷了。平心而論，你總還算是三四等的好官，來世還會有官做的。」說完，催促陰官將他送往轉輪王那裏。

從這兩件事看來，可知人心雖然隱蔽不明，但鬼神卻都能看得見，即便賢德的人有一點私心，也不能免於受責備。「相爾在室」這句話，的確是有道理的！

曹某不怕鬼

這是一個風趣的不怕鬼的故事。人鬼對峙，互不相讓，這時人若能無所畏懼，則鬼的伎倆自窮，只得無可奈何地溜走。其實世間許多事情，亦復如此。這個故事給我們的教益，相信正是在這一點上。

曹司農竹虛言①：其族兄自歙往揚州②，途經友人家。時盛夏，延坐書屋，甚軒爽。暮欲下榻其中，友人曰：「是有魅，夜不可居。」曹強居之。

【注釋】❶司農：掌管錢糧的官。清代的戶部尚書也別稱司農。❷歙（shè）：今安徽省歙縣。

夜半，有物自門隙蠕蠕入，薄如夾紙①。入室後，漸開展作人形，乃女子也。曹殊不畏。忽披髮吐舌作縊鬼狀。曹笑曰：「猶是髮，但稍亂；猶是舌，但稍長，亦何足畏？」忽自摘其首置案上。曹又笑曰：「有首尚不足畏，況無首耶！」鬼技窮，倏然滅。及歸途再宿，夜半，門隙又蠕動。甫露其首，輒唾曰：「又此敗興物耶？」竟不入。

【注釋】❶ 夾紙：作夾帶用的紙，極薄。舊時考生應試，私帶預先抄好的文字資料或書籍入考場，叫做夾帶。

此與嵇中散事相類①。夫虎不食醉人，不知畏也。大抵畏則心亂，心亂則神渙，神渙則鬼得乘之。不畏則心定，心定則神全，神全則沴戾之氣不能干。故記中散是事者，稱「神志湛然，鬼慚而去」②。

【注釋】❶嵇中散事：三國時魏國文學家嵇康，曾官居中散大夫，世稱嵇中散。他不怕鬼的故事，分別見於《藝文類聚》卷四四和《太平廣記》卷三一七中。❷「神志湛然」二句：有關嵇康的故事中都沒有這兩句話。《太平廣記》卷三一八引《幽明錄》記阮德如不怕鬼的故事中有「德如心安氣定，徐笑語之曰：『人言鬼可憎，果然！』鬼赧而退」一段話，與此相似。紀昀或許將它誤記為嵇康的事了。

【翻譯】

戶部官員曹竹虛講了這樣一個故事：他的同族哥哥從歙縣前往揚州，途中經過友人家。當時正值盛夏，友人請他到書房裏坐，這房間頗高敞涼爽。入夜，曹某打算就睡在這裏。友人說：「這裏有鬼怪，夜裏是不能住人的。」但曹某硬是要住在那裏。

到半夜的時候，有樣薄得似夾紙似的東西從門縫裏緩慢地鑽進來，入屋後，逐漸展開成為人形，卻是個女人。這時曹某一點都不懼怕。那女人忽然披散頭髮，吐出舌頭，變作吊死鬼的模樣。曹某見了笑道：「頭髮仍然是頭髮，不過稍微亂了些；舌頭仍然是舌頭，不過稍微長了些罷了。這有甚麼可懼怕的！」女鬼突然將自己的腦袋摘下來放到桌子上。曹某又笑道：「有腦袋我尚且不怕，何況沒有腦袋呢！」鬼的伎倆用盡，霎時便消失了。後來，曹某歸途中又住在這屋子裏，半夜時，門縫裏又有東西在蠕動。那東西剛剛把腦袋伸進屋內，曹某就吐唾沫罵道：「又是這使人掃興的傢伙嗎？」鬼最後沒敢進入屋內。

這個故事和嵇康的事很相似。比如老虎不吃醉了的人，是因為醉人不知道害怕。一般來說，凡是害怕便會心亂，心一亂便會精神渙散，精神渙散了，鬼神便能乘虛而入。如果不畏懼，便能心定，心定則精神能保持完整，精神完整便令邪惡之氣不能侵入。所以記載嵇康這件事的書，說是嵇康「神志清定，鬼只得慚愧地走了」。

菜人

舊時代自然災害時常發生，人吃人的慘劇也不罕見。明末政治極端腐敗，人禍天災接連不斷，終於導致李自成的農民大起義。至清初，即使遠在廣東，人食人這種慘事也時有發生。詩人屈大均曾寫有《菜人哀》一詩，就敍述一婦人自願賣給屠戶作「菜人」，為的是換取金錢使丈夫免遭餓死。詩中描繪肢解生人的慘酷情狀，令人驚心動魄。至於本文周某行善而得以延續後代，那只是巧合，作者附會到迷信上去，是不可信的。

景城西偏①，有數荒塚，將平矣。小時過之，老僕施祥指曰：「是即周某子孫，以一善延三世者也。」蓋前明崇禎末②，河南、山東大旱蝗，草根木皮皆盡，乃以人為糧，官吏弗能禁。婦女幼孩，反接鬻於市，謂之菜人。屠者買去，如刲羊豕。

周氏之祖，自東昌商販歸③，至肆午餐。屠者曰：「肉盡，請少待。」俄見曳二女子入廚下，呼曰：「客待久，可先取一蹄來！」急出止之，聞長號一聲，則一女已生斷右臂，宛轉地上；一女戰慄無人色。見周，並哀呼，一求速死，一求救。周惻然心動，並出資贖之。一無生理，急刺其心死；一攜歸，因無子，納為妾。竟生一男，右臂有紅絲，自腋下繞肩胛，宛然斷臂女也。後傳三世乃絕。皆言周本無子，此三世乃一善所延云。

卷二《灤陽消夏錄》二

【注釋】❶ 景城：河北獻縣村莊名，作者祖居於此。❷ 崇禎：明代最後一個皇帝的年號。❸ 東昌：府名，治所在今山東省聊城市。

【翻譯】

景城村偏西的地方，有幾座荒涼的墳墓，快要被風雨侵蝕平了。我幼年時路過那裏，老僕人施祥指着它說：「這是周某的子孫，周某就是那個由於做了善事，使後代延續了三世的人。」

前朝崇禎末年，河南、山東發生大旱和蝗災，草根樹皮都被饑民吃光了，於是便拿人來做食物，官府也禁止不住。婦女和兒童被反綁起來在市集上出賣，叫做菜人。屠戶買去後，將這些菜人像牛羊般地宰殺。

這周家的祖先，從東昌府經商歸來的路上，到一個店裏吃午飯。屠戶說：「肉已經賣完了，請稍等一下。」一會兒，便見他拖着兩個女人到廚房去，大聲說道：「客人等待很久了，可先取一個蹄子來！」周某急忙前去制止，只聽一聲長長的慘叫，一個女人已被活生生地砍斷了右臂，痛得滿地打滾。另一個女人則嚇得渾身發抖，面無人色。她倆見周某進來，一起哀叫着，一個要求讓她快點死去，以免再受痛苦，另一個則請求救她一命。

周某見這情景，不禁動了惻隱之心，便出錢把她們贖過來。那斷臂的女人眼看活不成了，只好馬上用刀刺進她的心窩，結束了她的生命。另一個便帶回家裏。周某因為沒有兒子，便將這女人納為侍妾。後來終於生下個兒子，這兒子右臂有條紅線，從腋下繞過肩胛，和斷臂女子的情形一模一樣。

從此，周氏傳續了三代才絕後。人們都說周某命裏本該沒有兒子的，能夠得以延續三代，是因為做了那件善事的緣故。

老儒肆詐

老儒用裝神扮鬼的手段撈取便宜，自以為伎倆高明，可以瞞人耳目，不料一件意外小事便把他的陰謀揭穿了。可見虛偽的東西，總歸是要暴露的。舊時代的鬧鬼，相信也多同這件事有類似之處。

淮鎮在獻縣東五十五里，即《金史》所謂槐家鎮也。有馬氏者，家忽見變異：夜中或拋擲瓦石，或鬼聲嗚嗚，或無人處突火出，嬲歲餘不止①。禱禳亦無驗②，乃買宅遷居。有賃居者，嬲如故，不久亦他徙。以是無人敢再問。

【注釋】❶ 嬲：騷擾。❷ 禱禳（ráng）：祈禱鬼神以求消災除禍。

有老儒不信其事，以賤價得之。卜日遷居①，竟寂然無他。頗謂其德能勝妖。既而有猾盜登門與詬爭②，始知宅之變異，皆老儒賄盜夜為之，非真魅也。先姚安公曰：「魅亦不過變幻耳。老儒之變幻如是，即謂之真魅可矣。」

卷三《灤陽消夏錄》三

【注釋】❶卜日：選擇日子。❷詬（gòu）：辱罵。

【翻譯】

淮鎮在獻縣東面五十五里處，就是《金史》中所稱的槐家鎮。有一位姓馬的，家中忽然出現變幻怪異的事情：半夜時或者有瓦片石塊拋擲，或者有嗚嗚的鬼叫聲，或是無人的地方突然冒出火來；騷擾了一年多沒有停止。主人禱告祭神也無效，於是另買一所房子搬走了。有租住這所房子的人，照樣被騷擾戲弄，不久也搬走了。因此便沒有人敢再來居住。有位老儒士不信這種事，用賤價買了那所房子，選好日子搬進去居住，竟安靜無異常。有些人便說是他的品德能制服妖魔。過了不久，有個刁猾賊人上門和老儒爭執辱罵，於是人們才知道這所房子的種種變幻怪異，都是老儒士用錢買通那賊人在夜裏幹的，並非真的有鬼魅。先父姚安公說：「鬼魅也不過會變幻罷了。老儒士能夠玩弄這樣的伎倆，即使稱他是真鬼魅也可以了。」

荔姐

荔姐的機智和鎮定，是值得讚許的，至於作者把那個惡少因驚悸而致病歸於神明的報應，就不必相信了。

滿媪，余弟乳母也，有女曰荔姐，嫁為近村民家妻。一日，聞母病，不及待婿同行，遽狼狽而來。時已入夜，缺月微明，顧見一人追之急，度是強暴，而曠野無可呼救。乃隱身古塚白楊下，納簪珥懷中，解條繫頸，披髮吐舌，瞪目直視以待。其人將近，反招之坐。及逼視，知為縊鬼，驚仆不起。荔姐竟狂奔得免。比入門，舉家大駭，徐問得實，且怒且笑。方議向鄰里追問，次日，喧傳某家少年遇鬼中惡，其鬼今尚隨之，已發狂譫語。後醫藥符籙皆無驗①，竟顛癇終身。

【注釋】❶符籙（lù）：道士所畫的圖形或線條，哄騙人説它能驅使鬼神，消災求福。

此或由恐怖之餘，邪魅乘機而中之，未可知也。或一切幻象，由心而造，未可知也。或神明殛惡，陰奪其魄，亦未可知也。然均可為狂且戒①。

卷三《灤陽消夏錄》三

【注釋】❶狂且（jū）：輕薄少年。

【翻譯】

滿老太婆是我弟弟的奶媽，她有個女兒名叫荔姐，嫁給了附近的村民為妻。有一天，荔姐聽説母親病了，心中焦急，也不等丈夫同行，便狼狽地奔向娘家。當時天已經黑了，只有缺月透着點微光。她一回頭，見後邊有個人急急地追來。荔姐估摸着這是個強暴之徒，可這曠野之中又沒有一個人可以呼救。於是，她就藏身在一座墳墓邊的白楊樹下，取下簪子和耳環揣入懷裏，然後解下衣帶繫在脖子上，披散頭髮，吐出舌頭，瞪大眼睛直勾勾地朝前凝視，等待來人。那人將要走近了，她不僅不躲避，反而招呼那人坐下。那人近前一看，以為是個吊死鬼，頓時嚇得跌倒在地上起不來。荔姐趁這機會拼命飛跑，終於避免了侵害。

當荔姐踏入家門時，全家人見她這副模樣，不禁大吃一驚。隨後慢慢問清事情經過，大家又氣惱又覺得可笑。正在議論要向鄰居追查那個狂徒，第二天，便聽見村子裏鬧哄哄地傳開了，說是某家一個少年遇鬼中了邪，那鬼現在還跟在他身邊，他已發瘋並説胡話了。後來，他家為他請醫服藥，請道士畫驅鬼逐邪的符籙，但都沒有效。這少年最後終身得了癲癇病。

這病或許是因為恐怖之餘，妖邪乘虛而侵襲了他；或許這一切幻象，都是那少年心中的幻覺造成的；或許是神明要譴責壞人，暗中奪去了他的魂魄。究竟如何，我們並不清楚。但是，無論怎樣，此事都可以成為輕薄少年的鑒戒。

鬼魂訴冤，所穿服飾與死者相同，不由得使唐執玉堅信不疑，以為鐵案如山，不可改變。原審官員雖百般申辯，也不考慮。怎料鬼訴卻是人為，作偽者正是利用人們迷信鬼神的弱點，逞其伎倆。這恰好說明了迷信的為害和鬼神的並不存在。

制府唐公執玉①，嘗勘一殺人案，獄具矣。一夜秉燭獨坐，忽微聞泣聲，似漸近窗户。命小婢出視，噭然而仆②。公自啟簾，則一鬼浴血跪階下。厲聲叱之。

稽顙曰③：「殺我者某，縣官乃誤坐某。仇不雪，目不瞑也。」公曰：「知之矣。」鬼乃去。

【注釋】❶ 制府：總督。清代管理一省或幾省的官員。❷ 噭（jiào）：呼喊聲。❸ 稽顙（sǎng）：叩頭。

翌日，自提訊。眾供死者衣履，與所見合。信益堅，竟如鬼言改坐某。問官申辯百端，終以為南山可移，此案不動①。其幕友疑有他故，微叩公，始具言始末。亦無如之何。

【注釋】❶ 「南山可移」句：唐太平公主與人爭磨坊，雍州司戶參軍李元紘判還原主，雍州長史命元紘改判，元紘在判決書後寫道：「南山可移，判不可搖也。」見《新唐書・李元紘傳》。

一夕，幕友請見，曰：「鬼從何來？」曰：「自至階下。」「鬼從何去？」曰：「欻然越牆去①。」幕友曰：「凡鬼有形而無質，去當奄然而隱②，不當越牆。」因即越牆處尋視，雖甃瓦不裂③，而新雨之後，數重屋上皆隱隱有泥跡，直至外垣而下。指以示公曰：「此必囚賄捷盜所為也。」公沉思恍然，仍從原讞④。諱其事，亦不復深求。

卷三《灤陽消夏錄》三

【注釋】❶欻（xū）：忽然。❷奄（yǎn）：急遽。❸甃（zhòu）：本意是用磚砌的井欄，這裏指磚牆。❹讞（yàn）：審判定案。

【翻譯】

唐執玉制府曾複審一件殺人案，案子已經定了。一夜，唐點起蠟燭獨坐，忽然隱約聽到哭泣聲，好像逐漸靠近窗戶。他叫婢女出去看看，只聽大叫一聲，婢女跌倒在地。唐執玉撩開門簾出來，便見一鬼滿身鮮血跪在堂階下。唐大聲呵斥它。鬼叩頭道：「殺我的是某甲，縣官卻錯判是某乙。這個仇不報，我是不能閉眼的。」唐執玉説道：「知道了。」那鬼便走了。

第二天，唐執玉親自提審。案中眾人供認死者的衣服鞋子，與他昨晚所見的鬼穿戴完全相同。於是唐執玉更加相信鬼的申訴，竟按它的指控改判某甲是兇手。負責審理此案的官員舉出種種理由申辯，但唐執玉始終認為南山可移，這個案子是不能翻的了。他的幕客懷疑另有緣故，委婉曲折地詢問唐執玉，唐這才將那晚的事從頭到尾說了。幕客聽了，也沒有甚麼辦法。

一夜，幕客求見唐執玉，問道：「鬼是從哪裏來的？」答道：「它自己來到階下。」幕客又問：「鬼從哪裏走的？」答道：「忽然翻過牆頭走了。」幕客道：「凡是鬼都只有形狀而沒有實質，它離開的時候應該是飄然隱沒，不應該是翻牆而走。」於是兩人便一同到翻牆的地方尋看。雖然牆上的瓦沒有破裂，但剛剛下過雨，幾重屋面上都隱約有泥跡，泥跡直到外院牆落地。幕客指着這些痕跡給唐執玉看，說道：「這必定是罪犯買通身手快捷的盜賊幹的。」唐沉思之後，恍然大悟，決定仍維持縣官原來的判決。他隱瞞了這件事，也沒再對這騙局加以追究。

僧詐

景城寺僧造弄出許多菩薩顯靈的現象，卻又極力否認這些神異的存在，以加深人們的信任，其巧妙更在一般騙術之上。但不管他心思多巧，方法多周詳，最後還是以人財兩失告終。

景城南有破寺①，四無居人，惟一僧攜二弟子司香火，皆蠢蠢如村傭，見人不能為禮。然譎詐殊甚，陰市松脂煉為末，夜以紙卷燃火撒空中，焰光四射。望見趨問，則師弟鍵户酣寢，皆曰不知。又陰市戲場佛衣，作菩薩羅漢形，月夜或立屋脊，或隱映寺門樹下。望見趨問，亦云無睹。或舉所見語之，則合掌曰：「佛在西天，到此破落寺院何為？官司方禁白蓮教②，與公無仇，何必造此語禍我？」人益信為佛示現，檀施日多③。

【注釋】❶ 景城：已見前《菜人》篇注。❷ 白蓮教：混合有佛教、明教、彌勒教等內容的秘密宗教組織。農民起義常用它作為組織鬥爭的工具。清代對白蓮教禁得很嚴。❸ 檀施：佈施。

然寺日頹敝，不肯葺一瓦一椽①，曰：「此方人喜作蜚語，每言此寺多怪異。再一莊嚴，惑眾者益藉口矣。」積十餘年，漸致富。忽盜瞰其室②，師弟並拷死，罄其資去③。官檢所遺囊篋，得松脂戲衣之類，始悟其奸。

【注釋】❶ 葺（qì）：修理。❷ 瞰（kàn）：俯視。❸ 罄（qìng）：盡。

此前明崇禎末事。先高祖厚齋公曰：「此僧以不蠱惑為蠱惑①，亦至巧矣。然蠱惑所得，適以自戕②，雖謂之至拙可也。」

【注釋】❶蠱（gǔ）惑：欺騙、迷惑。❷自戕（qiāng）：自己殘害自己。

【翻譯】

景城村南邊有座破落佛寺，四周沒有住戶。寺裏只有一個和尚帶着兩個徒弟掌管香火，他們都蠢鈍得像鄉下的雇工，見了人不懂得行禮。但這幾個和尚實際上詭詐得很，他們暗中買來松香，用火煉成粉末，夜裏用紙卷起來點燃撒向空中，焰火四射。人們望見前往詢問，卻見師徒正關門熟睡，他們都說不知道這事。師徒等又暗中買來戲台上的佛衣，做成菩薩、羅漢的模樣，月夜時，將它們或豎立在屋脊上，或隱約掩映於寺門樹下。人們望見前去詢問，他們也說沒有見到。有人將所見到的情形告訴他們，他們就合掌說道：「佛在西天，到這破落寺院做甚麼？現在官府正禁白蓮教，我和先生們無冤無仇，何必造出這些事來害我？」人們於是更加相信那是佛的顯靈，佈施也一天天多起來。但寺院卻一天天破敗，他們也不肯修葺一瓦一椽，說：「這裏的人喜歡製造流言蜚語，常說這寺院出許多怪異的事。我們如果再加裝修，那麼，造謠惑眾的人就更會有借口了。」過了十多年，他們漸漸富起來了。一天，強盜忽然光顧了他們的屋子，師徒都被拷打致死，他們的全部財物也都被拿走。官員們檢查所剩下的袋子箱篋，發現有松香、戲服等物品，這才領悟到他們的奸計。

這是前朝明崇禎末年的事。先高祖厚齋公說：「這個和尚以不顯得欺詐的手段來欺詐人，也算是十分巧妙了。但是用欺詐方法得來的東西，正好又用來害了自己。從這一點看，即使說他是最笨拙的人也可以的。」

泥古不化

盲目崇拜古人，盲目照搬古代經驗和制度的泥古者，在封建時代是常有的。但泥古不化到像劉羽沖這樣，則較為罕見了。他據古法來用兵則兵敗，來修水利則反遭水淹，這真是絕妙的諷刺。「古人豈欺我哉！」一句話，活畫出劉羽沖深陷泥古的泥坑中至死不悟的可笑形象。

劉羽沖，佚其名①，滄州人。先高祖厚齋公多與唱和②。性孤僻，好講古制，實迂闊不可行。嘗倩董天士作畫③，倩厚齋公題。內《秋林讀書》一幅云：「兀坐秋樹根，塊然無與伍。不知讀何書，但見鬚眉古。只愁手所持，或是井田譜④。」蓋規之也⑤。

【注釋】❶佚其名：不知道他的名。羽沖是其人的字或號。❷唱和：用詩詞贈答或互相和詩。❸倩：委託。❹井田譜：宋代夏休著《周禮井田譜》，研究周代所實行的井田制度。❺規：規勸。

偶得古兵書，伏讀經年，自謂可將十萬。會有土寇，自練鄉兵與之角，全隊潰覆，幾為所擒。又得古水利書，伏讀經年，自謂可使千里成沃壤。繪圖列說於州官。州官亦好事①，使試於一村。溝洫甫成②，水大至，順渠灌入，人幾為魚。

【注釋】❶好（hào）事：喜歡多事。❷溝洫（xù）：田間灌溉排水的水道。

由是抑鬱不自得，恒獨步庭階，搖首自語曰：「古人豈欺我哉！」如是日千百遍，惟此六字。不久，發病死。後風清月白之夕，每見其魂在墓前松柏下，搖首獨步。側耳聽之，所誦仍此六字也。或笑之，則欻隱。次日伺之，復然。

泥古者愚①，何愚乃至是歟！

【注釋】❶泥（ㄋㄧˋ）古：拘泥於古代的成規或古人的說法。

阿文勤公嘗教昀曰①：「滿腹皆書能害事，腹中竟無一卷書，亦能害事。國弈不廢舊譜②，而不執舊譜③；國醫不泥古方④，而不離古方。故曰：『神而明之，存乎其人。』又曰：『能與人規矩⑤，不能使人巧。』」

卷三《灤陽消夏錄》三

【注釋】❶阿文勤公：清滿洲正白旗人阿克敦，文勤是他的諡號。❷國弈：全國第一流水平的圍棋手。❸不執：不偏執。❹國醫：國家一級水準的醫生。❺規矩：古代用以校正圓形和方形的工具。

【翻譯】

劉羽沖，他的名字已不知道，是滄州人氏。我死去的高祖父厚齋公曾經常和他詩詞唱和。他性情孤僻，喜歡講求古代的典章制度，其實是不切實際和行不通的。他曾請董天士為自己畫畫，又托厚齋公題詩。其中一幅《秋林讀書》的畫，厚齋公題的是：「兀坐秋樹根，塊然無與伍。不知讀何書，但見鬚眉古。只愁手所持，或是井田譜。」就是因為要規勸他才這樣題的。

劉羽沖偶然得到一部兵書，伏案讀了一年，自認為可以帶兵十萬了。剛巧這時發生了土寇變亂，劉羽沖自行訓練鄉兵與他們戰鬥，結果整個隊伍潰敗，自己也幾乎被擒。他又得到過古代興修水利的書，伏案讀了一年，自認為可以使千里之地變成肥沃的土壤，於是繪圖列上措施呈給州長官。州官也是個喜歡多事的人，便叫劉羽沖在一個村子裏試行。田間水渠剛剛修完，就發大水了，水順着溝渠灌入，全村的人幾乎都成了水裏的魚。

從此，劉羽沖抑鬱不得意，常獨自在庭院台階上走來走去，搖頭自語道：

「古人難道會騙我嗎！」就這樣，每天念叨千百次，都只是這一句話。不久，他便發病死了。以後，每逢風清月白之夜，常見到他的魂魄在墓前的松柏樹下，搖着頭獨自走來走去。人們側耳細聽，所念叨的仍是這一句話。有人取笑他時，鬼魂便突然隱滅。第二天去探看，他依然是那樣。拘泥於古代成規的人是很愚蠢的，但怎會愚蠢到這個地步呢？

阿文勤公曾教導我說：「人滿肚子都是書，是會誤事的；肚裏全無一卷書，也能誤事。全國第一流的圍棋手並不廢棄舊傳的棋譜，但不會固執依照舊譜。具有國家級水平的醫生不拘泥於古代的醫方，但也不會背離古方。所以說『神而明之，全在於運用它的人』。又說：『別人只能給你畫圓的規、畫方的矩，卻不能使你手巧。』」

祈夢決獄

審理案件，本是關係到當事人生死利益的嚴肅事情，可是封建時代的官吏昏庸無能，兒戲從事，把夢中的情景胡亂聯繫，隨意作為判案的依據，致使冤獄滋生，是非顛倒，令人慨歎。作者指出，祈夢決獄的玩意，只不過是用來嚇唬老百姓的手段；被譽為應驗的，也只是事後的湊合附會罷了。

再從伯燦臣公言①：曩有縣令，遇殺人獄不能決，蔓延日眾，乃祈夢於城隍祠。夢神引一鬼，首戴磁盎②，盎中種竹十餘竿，青翠可愛。覺而檢案中有姓祝者，祝竹音同，意必是也。窮治無跡。又檢案中有名節者，私念曰：「竹有節，必是也。」窮治亦無跡。然二人者九死一生矣。計無復之，乃以疑獄上，請別緝殺人者，卒亦不得。

【注釋】❶再從伯：父親同祖父的兄弟，即父親的堂兄。❷盎：腹大口小的盆子。

夫疑獄，虛心研鞫①，或可得真情。禱神祈夢之説，不過懾伏愚民，紿之吐實耳②。若以夢寐之恍惚，加以射覆之揣測③，據為信讞，鮮不謬矣。古來祈夢斷獄之事，余謂皆事後之附會也。

卷四《灤陽消夏錄》四

【注釋】❶鞫（jū）：審問。❷紿（dài）：哄騙。❸射覆：古代一種遊戲。先將某物用器具覆蓋着，然後令人射（猜）是某物。

【翻譯】

我的再從伯燦臣公講了這樣一件事：從前有位知縣，遇到件殺人案，無法判決，被牽連的人一天天多起來。於是他到城隍廟要求神賜夢指點。夢中見神領來一鬼，那鬼頭頂着瓷盆，盆中種着十來竿竹子，青翠可愛。醒後他翻閱案卷，見有姓祝的人，「祝」「竹」同音，心想必定是他了。嚴刑審問，並無可疑之跡。他又翻閱案卷，見有名字叫「節」的人，暗自想道：「竹子是有節的，必定是這個人了。」又嚴加審問，也沒有可疑的罪跡。而這兩個人已經被拷打得九死一生了。他再沒有別的辦法，於是便以疑案上報，請准予另行緝捕兇手，但始終也沒抓到。

但凡是疑案，如果虛心研究和審訊，或許能審出真實情況來。禱告神靈祈求賜夢的做法，不過是用以威嚇無知的老百姓，哄他說出實情罷了。如果用夢中所見的恍惚印象，加以射覆般的猜測，據以作為確當的判決，那就少有不錯誤的。從古以來祈夢判案的事，我認為都是事後加以附會的。

雷擊案

和上一篇求夢判案不同，這是一篇機智嚴密的判案記錄。知縣明晟有豐富的辦案經驗，他深入調查審訊，使作偽者無所遁形。本篇是《閱微草堂筆記》辦案故事中的精彩之篇。

雍正壬子六月①，夜大雷雨，獻縣城西有村民為雷擊。縣令明公晟往驗②，飭棺殮矣。越半月餘，忽拘一人訊之曰：「爾買火藥何為？」曰：「以取鳥。」詰曰：「以銃擊雀③，少不過數錢，多至兩許，足一日用矣。爾買二三十斤何也？」曰：「備多日之用。」又詰曰：「爾買藥未滿一月，計所用不過一二斤，其餘今貯何處？」其人詞窮。刑鞫之，果得因姦謀殺狀，與婦並伏法。

【注釋】❶雍正壬子：清代雍正十年。❷晟（shèng）：明晟，人名。❸銃：火槍。

或問：「何以知為此人？」曰：「火藥非數十斤不能偽為雷。合藥必以硫黃。今方盛夏，非年節放爆竹時，買硫黃者可數。吾陰使人至市，察買硫黃者誰多，皆曰某匠。又陰察某匠賣藥於何人，皆曰某人。是以知之。」又問：「何以知雷為偽作？」曰：「雷擊人，自上而下，不裂地。其或毀屋，亦自上而下。今苫草屋梁皆飛起①，土炕之面亦揭去，知火從下起矣。又此地去城五六里，雷電相同。是夜雷電雖迅烈，然皆盤繞雲中，無下擊之狀，是以知之。爾時其婦先歸寧，難以研問。故必先得是人，而後婦可鞫。」此令可謂明察矣。

【注釋】❶苫（shān）：用草編成的覆蓋物。

【翻譯】

清代雍正十年六月，一天夜裏發生大雷雨，獻縣縣城西邊有一村民被雷擊斃。知縣明晟前往勘驗，命令將死者殯殮入棺了。過了半個多月，明晟突然拘捕了一個人，審問他道：「你買火藥做甚麼？」答道：「用來打鳥。」明晟盤問道：「用火槍打雀，使用火藥少的不過幾錢，多的不過一兩左右，足夠一天用了。你買二三十斤，是甚麼緣故？」答道：「準備許多天用的。」又問道：「你買火藥不滿一個月，計算起來用去的不過一二斤，其餘的現在存放在哪裏？」那個人無話可答。明晟於是用刑審問，果然審出他因姦謀殺的情形，和姦婦一起被處了死刑。

有人問明晟：「你怎知道是這個人幹的？」答道：「火藥非要幾十斤不能偽裝成雷。配製火藥必須用硫磺。現在正是盛夏，並非過年過節燃放爆竹的時候，買硫磺的人少得可以數出來。我暗中派人到市場上，調查購買硫磺的人哪個買得多，人們都說是某工匠。又暗中調查某工匠將火藥賣給誰，人們都說是賣給某人，因此便知道了。」又問：「你怎麼知道那雷是偽造的呢？」答道：「雷轟擊人，是自上而下的，不會劈裂地面。有時擊毀房屋，也是自上而下。現在這宗案件，屋頂苫草和橫樑都飛起，土炕的炕面也被揭去，可知火是從下面起來的了。另外，這地方離城五六里遠，雷電應該是相同的。那夜雷電雖然迅猛強烈，但都是盤繞在雲裏頭，沒有向下轟擊的情況，所以知道那雷是假的。當時那婦人已先回娘家了，難以追究盤問。所以必須先抓到這個人，然後才能審那婦人。」這位知縣真稱得上是明察秋毫了。

女巫作偽

巫婆裝神弄鬼，本是欺人之術，但何以常有點小靈驗，因而能迷惑羣眾呢？本篇揭露了其中內幕，使迷信的人可以由此及彼，明白一切鬼神變幻，大抵都是採取這類伎倆弄出來的。至於托言狐神來揭發巫婆的奸計，則是作者在破除這一迷信時又陷入另一種迷信中了。

女巫郝媼①，村婦之狡黠者也。余幼時，於滄州呂氏姑母家見之②。自言狐神附其體，言人休咎③。凡人家細務，一一周知，故信之者甚眾。實則布散黨徒，結交婢媼，代為刺探隱事，以售其欺④。

【注釋】❶媼（ǎo）：年老的婦女。❷滄州：今河北省滄州市。❸休咎（jiù）：吉凶。❹售：達到、實現。

嘗有孕婦，問所生男女，郝許以男。後乃生女，婦詰以神語無驗。郝瞋目曰①：「汝本應生男，某月某日，汝母家饋餅二十，汝以其六供翁姑②，匿其十四自食。冥司責汝不孝，轉男為女。汝尚不悟耶？」婦不知此事先為所偵，遂惶駭伏罪。其巧於緣飾皆類此③。

【注釋】❶瞋（chēn）：睜大眼睛瞪人。❷翁姑：公婆。❸緣飾：用各種理由掩飾假話。

一日，方焚香召神，忽端坐朗言曰：「吾乃真狐神也。吾輩雖與人雜處，實各自服氣煉形①，豈肯與鄉里老嫗為緣②，預人家瑣事？此嫗陰謀百出，以妖妄斂財，乃托其名於吾輩。故今日真附其體，使共知其奸。」因縷數其隱惡，且並舉其徒黨姓名。語訖，郝霍然如夢醒，狼狽遁去。後莫知所終。

【注釋】❶服氣煉形：服氣，道家修煉之術，方法是口中吐出濁氣，鼻孔吸入清氣，故又稱吐納。煉形，狐類通過修煉變成人形。❷嫗（yù）：年老婦人。

【翻譯】

女巫郝老太婆，是個狡詐的鄉村女人。我幼年時，在滄州呂氏姑母家見過她。她自稱狐神附在身上，能夠預言人家的禍福。人們家中一切瑣碎事情，她件件都知道。因此，信她的人很多。其實她分佈了黨徒，結交人家的婢女僕婦，代為刺探各家的隱私，以達到她詐騙的目的。

曾有一位孕婦，問她將會生男還是生女，郝巫婆預言是男的，後來卻生了個女兒。婦人質問她何以神的話不靈驗，郝巫婆發怒瞪起眼說：「你本應是生男孩的，但某月某日，你娘家贈送餅食二十件，你將其中六件送上給公婆，藏起十四件自己吃了。陰司怪你不孝，於是把你該生的男孩轉為女孩。你還不醒悟嗎？」孕婦不知這事老早就被巫婆探聽到，便驚恐地認罪了。郝巫婆的善於找理由遮掩其騙術，都和這件事相同。

一天，郝巫婆正在燒香請神，忽然端正地坐着，高聲説道：「我是真正的狐神哪。我雖然和人類混雜相處，實在是各自去吐納修煉人形，怎肯同這鄉下老婆子混在一起，去理人家的瑣碎事情呢？這老婆子詭計多得很，用妖邪怪誕的辦法撈錢，卻假借我們的名義。因此，今天我真的附到她身上，使大家都知道她的奸計。」於是逐件細數郝巫婆偷偷幹下的壞事，並且舉出她的黨徒的姓名。説罷，郝巫婆霍然像從夢中醒來一樣，狼狽地逃跑了。她的結局怎樣，後來也沒有人知道了。

張福

舊社會的訟案，正如本篇所説，是「訟情萬變，何所不有」。除了頂兇代死、賄和鬻親之外，還有像張福那樣令人意想不到的案情。官員倘不審慎，則含冤者就沉冤莫白了。

張福，杜林鎮人也①，以負販為業。一日，與里豪爭路，豪揮僕推墮石橋下。時河冰方結，觚棱如鋒刃②，顱骨破裂，僅奄奄存一息③。里胥故嗛豪④，遽聞於官。官利其財，獄頗急。福陰遣母謂豪曰：「君償我命，與我何益？能為我養老母幼子，則乘我未絕，我到官言失足墮橋下。」豪諾之。福粗知字義，尚能忍痛自書狀。生供鑿鑿，官吏無如何也。福死之後，豪竟負約。其母屢控於官，終以生供有據，不能直。豪後乘醉夜行，亦馬蹶墮橋死⑤。皆曰：「是負福之報矣。」

【注釋】❶杜林鎮：在今河北省滄州市西面。❷觚（gū）：棱角。❸奄奄：氣息微弱。❹里胥（xū）：即里正，一里之長。里是古代鄉以下的基層行政單位。嗛（xián）：與「銜」同，懷恨。❺馬蹶（jué）：馬失足跌倒。

先姚安公曰：「甚哉，治獄之難也！而命案尤難：有頂兇者①，甘為人代死；有賄和者，甘鬻其所親②，斯已猝不易詰矣。至於被殺之人，手書供狀，云非是人之所殺。此雖皋陶聽之③，不能入其罪也。倘非負約不償，致遭鬼殛④，則竟以財免矣。訟情萬變，何所不有，司刑者可據理率斷哉！」

【注釋】❶頂兇：頂替犯死罪的兇手，代為償命。清代趙翼《簷曝雜記》記載：福建有兩族人械鬥。未鬥之前，各族先議定由哪幾個人準備將來為死者頂罪償命。這些人遺下的妻子兒女由族內公產贍養。所以往往出現並非兇手而甘願認罪、雖用刑審問也不改口的事。❷鬻（yù）：賣。❸皋陶（gāo yáo）：傳說上古舜帝時掌刑律的官員。❹殛（jí）：誅殺。

【翻譯】

張福，杜林鎮人，以擔貨販賣為職業。一天，他和鎮上一個土豪相遇爭路，土豪指揮僕人把張福推墜到石橋下面。當時河水正結冰，冰的稜角像鋒利的刀刃，張福被撞得顱骨破裂，只剩下一絲微弱的呼吸。里正一向懷恨那土豪，馬上向官府報告。官員想借此在土豪身上撈一把，因此案子辦理得很急。張福暗中叫母親去對土豪傳話：「你償我的命，對我有甚麼好處？如果你能為我養活老母和幼子，則趁我未死，我可到官府說明是自己失足跌落橋下的。」土豪答應了。張福粗略識些字，還能夠忍着疼痛自行寫了狀詞。活着的受害人的供詞確確鑿鑿，官吏也無可如何了。張福死後，土豪竟違背諾言。張福的母親多次向官府控告，但因有張福生前證供為據，始終不能平反。後來土豪醉中騎馬夜行，因馬失蹄跌落橋下而死。人們都說：「這是他對不起張福的報應呀！」

先父姚安公說：「審判案件的確很難呀，而人命案尤其難：有頂替兇手的，甘願代別人受死刑；有用錢疏通私自了結的，甘願出賣其親人。這些已經是倉促間不易審清的了。至於被殺的人親手寫下供詞，說明自己不是那個人所殺，這事就算叫皋陶來審理，也不能判那兇手有罪呀。要不是兇手違約不付錢，以致遭到鬼神的誅殺，則竟可以用錢財逃脱罪責了。訴訟的情況千變萬化，甚麼花樣沒有？掌管刑律的官員能只據事理來輕率判決嗎！」

回煞

回煞是個古老的迷信習俗，北齊顏之推的《顏氏家訓》中即有這方面的記載。直到現代，也仍有無知的人相信這一套。讀了本篇當可破除這一迷信了。

表叔王碧伯妻喪，術者言某日子刻回煞①，全家皆避出。有盜偽為煞神，逾垣入，方開篋攫簪珥②，適一盜又偽為煞神來，鬼聲嗚嗚漸近。前盜皇遽避出，相遇於庭，彼此以為真煞神，皆悸而失魂，對仆於地。黎明，家人哭入，突見之，大駭，諦視乃知為盜③。以薑湯灌蘇，即以鬼裝縛送官。沿路聚觀，莫不絕倒。

【注釋】❶子刻：古代以干支記時，子刻即子時，為夜間十一時至翌晨一時的一段時間。回煞：舊時迷信的說法，按人死時的年月日推算所謂鬼魂回家的時間，並說這時會有凶煞出現，家人都須走避，以免危險。❷攫（jué）：抓取。簪珥：首飾。❸諦（dì）視：仔細看。

據此一事，回煞之說當妄矣。然回煞形跡，余實屢目睹之。鬼神茫昧①，究不知其如何也。

卷五《灤陽消夏錄》五

【注釋】❶茫昧：模糊不清。

【翻譯】

我表叔王碧伯的妻子去世，占卦的人說某天子時回煞，於是全家的人都外出避開。這時有個賊人偽裝成煞神，翻牆入屋，正在打開箱子抓取首飾，恰巧又有另一賊偽裝成煞神來了，發出嗚嗚的鬼聲漸漸逼近。前一賊倉皇逃出去，和後一賊人在院子裏相遇。彼此以為對方是真煞神，都驚得掉了魂魄，面對面地跌倒在地上。黎明時，王家的人哭着入屋，突然見到他倆，大驚，仔細一看才知道是賊人。於是用薑湯把兩人灌醒，就讓他們穿着鬼裝，捆送官府。沿路聚集觀看的人，無不笑得前仰後合。

根據這件事來看，回煞的說法應該是荒謬的了。但是，回煞的形跡，我實在是多次親眼見過的。鬼神的事，幽暗不明，實在不知道它是怎麼回事。

許南金不畏鬼

這是個著名的不怕鬼故事，寫許南金的大膽、冷靜，很具感染力。古人難以達到無鬼論的高度，能承認人不怕鬼這一點，已是難能可貴了。

南皮許南金先生①，最有膽。在僧寺讀書，與一友共榻。夜半，見北壁燃雙炬。諦視，乃一人面出壁中，大如箕，雙炬其目光也。友股栗欲死②。先生披衣徐起曰：「正欲讀書，苦燭盡③。君來甚善。」乃攜一冊背之坐，誦聲琅琅④。未數頁，目光漸隱；拊壁呼之⑤，不出矣。

【注釋】❶南皮：縣名，今屬河北省滄州地區。❷股栗（lì）：腿發抖。❸苦：苦於。❹琅琅（láng）：象聲詞，響亮的聲音。❺拊（fǔ）：拍打。

又一夕如廁，一小童持燭隨。此面突自地湧出，對之而笑。童擲燭仆地。先生即拾置怪頂，曰：「燭正無台，君來又甚善。」怪仰視不動。先生曰：「君何處不可往，乃在此間？海上有逐臭之夫①，君其是乎？不可辜君來意。」即以穢紙拭其口。怪大嘔吐，狂吼數聲，滅燭而沒。自是不復見。

【注釋】❶海上有逐臭之夫：《呂氏春秋》記載：有個人有特大的臭味，親朋兄弟都無法和他相處，他只好住到海島上。想不到那裏有個人特別喜歡他的臭味，成天跟着他。後來便用此來比喻有怪癖的人。

先生嘗曰：「鬼魅皆真有之，亦時或見之；惟檢點生平，無不可對鬼魅者，則此心自不動耳。」

【翻譯】

南皮人許南金先生，最有膽量。他在僧寺讀書的時候，和朋友共睡一張牀。半夜裏，見北邊牆上點着兩支火把。他們仔細一看，卻是個人臉從牆壁裏出來，它像簸箕那樣大，兩支火把是它的眼光。朋友兩腿發抖，怕得要死。許南金先生披上衣服慢慢起來，說道：「我正想讀書，苦於蠟燭燒盡了，你來得正好。」於是拿起一本書背朝人臉坐着，誦讀之聲，清朗響亮。他讀了沒幾頁，那目光漸漸隱滅，拍牆叫它，它也不出來了。

又一夜，許南金上廁所，一個小童拿着蠟燭跟隨。那怪臉突然從地裏湧出來，對着許南金笑。童子驚得丟了蠟燭跌倒在地。許南金即把蠟燭拾起放在怪臉頭頂，說道：「蠟燭正缺燭台，你來得又正好呀！」怪臉仰望着他，一動也不動。許南金先生說道：「你哪裏不好去，卻來到這裏？海上有專門追逐臭味的人，你大概就是這類人吧？那麼，不可辜負你的來意。」說完就以用過的髒手紙揩它的口。怪臉大嘔大吐起來，狂吼了幾聲，把蠟燭弄滅，就隱沒了。從此，怪臉不再出現。

許南金先生曾說過：「鬼魅都是真有的，有時還能見到它們；只是檢查自己生平言行，如果沒有不可面對鬼魅的事，那麼這顆心自然不會動搖了。」

鬼隱

這是個寓言。雖然假託發生在明代，實質卻是指斥當時現實的。它借主人公之口，指出官場的黑暗和傾軋，連陰間也受了影響。相比之下，荒山雖然淒涼，反而使人覺得像在天堂。這種強烈的對比手法，使人更深刻認識到官場的醜惡和可怕。全篇用一問一答形式構成，語氣雖似平實，而實含極大憤慨。

戴東原言：明季有宋某者，卜葬地，至歙縣深山中。日薄暮，風雨欲來，見巖下有洞，投之暫避。聞洞內人語曰：「此中有鬼，君勿入。」問：「汝何以入？」曰：「身即鬼也。」宋請一見。曰：「與君相見，則陰陽氣戰，君必寒熱小不安。不如君爇火自衛①，遙作隔座談也。」宋問：「君必有墓，何以居此？」曰：「吾神宗時為縣令②，惡仕宦者貨利相攘③，進取相軋，乃棄職歸田。歿而祈於閻羅，勿輪回人世④。遂以來生祿秩，改注陰官。不虞幽冥之中，相攘相軋，亦復如此，又棄職歸墓。墓居羣鬼之間，往來囂雜，不勝其煩，不得已避居於此。雖淒風苦雨，蕭索難堪，較諸宦海風波，世途機阱⑤，則如生忉利天矣⑥。寂歷空山，都忘甲子⑦。與鬼相隔者，不知幾年；與人相隔者，更不知幾年。自喜解脫萬緣，冥心造化，不意又通人跡，明朝當即移居。武陵漁人⑧，勿再訪桃花源也。」語訖，不復酬對。問其姓名，亦不答。宋攜有筆硯，因濡墨大書「鬼隱」兩字於洞口而歸。

卷六《灤陽消夏錄》六

【注釋】❶ 爇（ruò）：燒。❷ 神宗：明代皇帝朱翊鈞，年號萬曆。❸ 攘（rǎng）：侵奪。❹ 輪回：佛教名詞。佛教認為眾生各依所作善惡業因，一直在所謂六道（天、人、阿修羅、地獄、餓鬼、畜生）中生死相續，升沉不定，有如車輪的旋轉不停，故稱輪回。❺ 機阱（jǐng）：

裝有自動機關的捕獸陷阱。❻忉利天：佛教名詞。又稱三十三天，引申為天堂。❼甲子：甲居十干首位，子居十二支首位。古人用干支相配以紀日、紀年，故又以甲子代稱歲月。❽武陵漁人：晉人陶潛《桃花源記》虛構了一個漁人入桃源的故事，說是武陵地方有一個漁人誤入桃源，發現由秦代避難的人組成的一個與世隔絕的社會。他出來後，再去尋找，卻找不到了。

【翻譯】

戴東原講了這樣一件事：明代末年有個姓宋的人，為選擇墓地，來到安徽歙縣的深山中。黃昏，風雨將要襲來，他見山巖下有個洞，便鑽進去暫避。聽到洞內有人說道：「這裏面有鬼，您不要進來。」宋某問道：「那你為甚麼進來？」答道：「我就是鬼呀。」宋某要求和他見面，鬼答道：「如果和您相見，那麼您的陽氣和我的陰氣便會相鬥，您必定會忽寒忽熱地有點不舒服。不如您燒起堆火來自衛，我們遠遠地隔開座位交談吧。」宋某問道：「您必定有墓地的，為甚麼卻住在這裏？」答道：「我在明朝神宗時做知縣，因為厭惡官宦互相侵奪財產地位、為求升官而互相傾軋的行為，於是棄官回家鄉了。我死後向閻羅王請求，不要再輪回到人間。於是便按我來世應享的官職和俸祿的標準，改任為陰間的官。沒想到陰間的互相爭奪傾軋，也和人世一樣，於是我又棄官回到墓裏。我的墳墓處在許多鬼魂的墓穴之間，他們往來嘈雜，弄得我不勝其煩，不得已避居到這裏。這裏雖然淒風苦雨，寂寞冷落得使人難受，但是和宦海風波、人世道路上的陷阱相比，我就如生活在天堂裏一樣了。在這空山裏寂寞度日，我都忘掉了歲月。和羣鬼相隔絕，不知有多少年；和人相隔絕，則更不知有多少年了。自己慶幸解脱了種種因果的纏繞，潛心於尋找大自然的奥秘，想不到又接觸了人的蹤跡，明天我應該立即遷居。您也無須做武陵漁人，再訪尋桃花源了。」説完，不再對答。宋某問他的姓名，也不答。宋某帶有筆硯，於是便蘸滿墨汁，寫了「鬼隱」兩個大字在洞口，便回家了。

扮鬼偷盜

小偷採用鬼面而女手的方法，是摸透了人們怕鬼的心理，精心安排的。從這裏也可見世間許多關於鬼的傳聞，其實都是一些別有用心的人製造出來的。

一南士以文章遊公卿間。偶得一漢玉璜①，質理瑩白，而血斑徹骨，嘗用以鎮紙。

【注釋】❶璜：古玉石器名，形狀像璧（圓形）的一半。

一日，借寓某公家，方燈下構一文，聞窗隙有聲，忽一手探入。疑為盜，取鐵如意欲擊；見其纖削如春蔥，瑟縮而止。穴紙竊窺，乃一青面羅剎鬼①。

怖而仆地。比蘇，則此璜已失矣。疑為狐魅幻形，不復追詰。後於市上偶見，詢所從來。輾轉經數主，竟不能得其端緒。久乃知某公家奴偽作鬼裝所取。

【注釋】❶ 羅剎：佛經中惡鬼的通稱。

董曲江戲曰：「渠知君是惜花御史①，故敢露此柔荑②。使遇我輩粗材，斷不敢自取斷腕。」

【注釋】❶ 惜花御史：應作惜春御史，唐代官名，掌保護花木。《雲仙雜記》卷一「惜春御史」條引《玉璽集》云：「穆宗每宮中花開，則以重頂帳蒙蔽欄檻，置惜春御史掌之，號曰栝香。」
❷ 柔荑（tí）：荑，茅草的嫩芽。柔荑，比喻女子的手纖細白嫩。

余謂此奴偽作鬼裝，一以使不敢攬執，一以使不復追求。又燈下一掌破窗，恐遭捶擊，故偽作女手，使知非盜；且引之窺見惡狀，使知非人，其運意亦殊周密。蓋此輩為主人執役，即其鈍如椎；至作奸犯科，則奇計環生，如鬼如蜮①。大抵皆然，不獨此一人一事也。

【注釋】❶蜮（yù）：古代相傳乃一種能含沙射影使人得病的動物。

【翻譯】

有一位南方的文士，通過文章交遊於大官中間。他偶然得到一塊漢玉璜，它的質地紋理晶瑩潔白，血色的斑紋深入到玉石的脈理中，文士曾用它來鎮紙。一天，文士借住在某老先生家裏，正在燈下構思一篇文章，聽見窗縫發出聲響，忽見一隻手伸進來。他懷疑是賊，便拿起鐵如意想打；但見這手纖細得像春蔥，便縮手停止。他把窗紙弄了個洞偷看，卻是個青面羅剎鬼，驚得他跌倒在地。及至醒過來，那玉璜已不見了。他懷疑那鬼是狐魅變幻出來的形象，便不再追查。後來，這文士在市場上偶然見到那塊玉璜，問起它的來歷，但它已輾轉經過幾個主人的手，終於無法查得頭緒。過了許久，才知是某老先生的家奴扮作鬼裝偷去的。

董曲江開玩笑說：「他知道先生是惜花御史，所以敢露出那嫩白的手。如果遇着我們這些粗魯的人，他必不敢自冒斷腕的危險。」我認為這些奴僕假扮成鬼的裝束，其目的一方面是使人不敢抓他，一方面是使人不再去追查。另外，在燈下一掌擊穿紙窗，怕會遭到捶擊，所以偽裝成女人的手，使別人以為這不是盜賊；而且引誘人家窺見其兇惡的形狀，使以為並不是人，他運用的計謀也算十分周密了。這些人替主人做事，往往是愚蠢遲鈍，到了去作奸犯科，便會奇謀詭計環生，如鬼似蜮。他們大抵都是這樣的，不僅僅是這個人和這件事呀。

遊士

清代有許多自命為名士、而其實俗不可耐的人。他們自命清高，擺出副嚇人的架子。其實古代的大詩人、大名士，都樸實得和普通人一樣。兩相比較，真假名士，判然可分。作者不着一言，而感慨自見。

有遊士借居萬柳堂①。夏日，湘簾棐几②，列古硯七八，古玉器、銅器、磁器十許，古書冊畫卷又十許，筆牀、水注、酒盞、茶甌、紙扇、棕拂之類③，皆極精緻。壁上所粘，亦皆名士筆跡。焚香宴坐④，琴聲鏗然，人望之若神仙。非高軒駟馬，不能登其堂也。

【注釋】❶遊士：遊食之士，奔走四方以謀生計的文人。萬柳堂：清代北京阜城門外的一處有名園林。❷湘簾：用斑竹編成的竹簾。棐（fěi）几：用榧木做的几。❸筆牀：放毛筆的文具。水注：用以注水於硯的文具。❹宴：安閒。

一日，有道士二人，相攜遊覽，偶過所居，且行且言曰：「前輩有及見杜工部者①，形狀殆如村翁。吾曩在汴京②，見山谷、東坡③，亦都似措大風味④。不及近日名流，有許多家事。」

【注釋】❶杜工部：唐代大詩人杜甫，因曾任檢校工部員外郎，世又稱杜工部。❷汴京：宋代京城，今河南省開封市。❸山谷：宋代詩人黃庭堅，號山谷道人。東坡：宋代詩人蘇軾，號東坡。❹措大：舊時稱貧寒的讀書人為措大。

朱導江時偶同行，聞之怪訝，竊隨其後。至車馬叢雜處，紅塵漲合①，倏已不見。竟不知是鬼是仙。

【注釋】❶ 紅塵：飛揚的塵土，形容繁華熱鬧。

【翻譯】

有一位遊食四方的文人，借住在萬柳堂。夏天，他的住處陳設着湘簾棐几，擺放着古硯七八個，古玉器、銅器、瓷器等十多件，古書古畫卷又十多件，筆牀、水注、酒盞、茶碗、紙扇、棕拂之類，都是十分精緻的。牆上貼的，也都是名士的筆跡。他焚香閒坐，琴聲鏗鏘，人們望見他就像神仙一樣。如果不是乘坐四馬拉的高大車子的人，是不能夠進入他的廳堂的。

一天，有兩個道士一同來萬柳堂遊覽，偶然走過他的住處，他們一邊走一邊説道：「前輩中有得以見到杜甫的，説杜甫的狀貌像是個鄉村老頭子。我從前在汴京，見到黃庭堅和蘇軾，也都像是貧寒讀書人的風度。他們都不及近來的名流，有這許多傢俬用具。」朱導江偶然和道士同行，聽了覺得奇怪，便偷偷地跟在他們後面。到了車馬多而雜的地方，紅塵彌漫，忽然不見了他們的蹤影，最終不知他們是鬼還是神仙。

長隨

清代的吏治是很壞的。除了官員的貪贓枉法之外，還有四種對老百姓為害很大的人，就是書吏、差役、官的親友、官的僕役（見《灤陽消夏錄》一），他們操縱政務，控制長官，上下其手，為非作歹。本篇中的長隨，其手段細密陰險，超乎人們想像。本文所揭露的雖僅是他們劣跡中的一個側面，但從中也可窺見清代官場的渾濁和醜惡了。

州縣官長隨①，姓名籍貫皆無一定，蓋預防奸贓敗露，使無可蹤跡追捕也。姚安公嘗見房師石窗陳公一長隨②，自稱山東朱文；後再見於高淳令梁公潤堂家，則自稱河南李定。梁公頗倚任之。臨啟程時，此人忽得異疾，乃托姚安公暫留於家，約痊時續往。其疾自兩足趾寸寸潰腐，以漸而上，至胸膈穿漏而死。死後檢其囊篋，有小冊作蠅頭字，記所閱凡十七官，每官皆疏其陰事③，詳載某時某地，某人與聞，某人旁睹，以及往來書札、讞斷案牘，無一不備錄。其同類有知之者，曰：「是嘗挾制數官矣。其妻亦某官之侍婢，盜之竊逃，留一函於几上。官竟弗敢追也。今得是疾，豈非天道哉！」

【注釋】❶長隨：家丁。❷房師：清代科舉考試中已錄取的考生，稱主考官為座師，稱同考官為房師。❸疏：分條記述。

霍丈易書曰：「此輩依人門户，本為舞弊而來。譬彼養鷹，斷不能責以食穀，在主人善駕馭耳。如喜其便捷，委以耳目腹心①，未有不倒持干戈②，授人以柄者。此人不足責，吾責彼十七官也。」

【注釋】❶耳目腹心：比喻親近信任的人。❷倒持干戈：與「倒持泰阿」同。泰阿是寶劍名。倒拿着寶劍，把劍柄給予別人。比喻輕率授權與人，自己反受其害。

姚安公曰：「此言猶未揣其本。使十七官者絕無陰事之可書，雖此人日日橐筆①，亦何能為哉！」

【注釋】❶ 橐（tuó）筆：橐，盛物的袋子。古代書史小吏，手拿囊袋，插筆於頭髮中，侍立於帝王、大臣左右，以備隨時記事。

【翻譯】

州縣官的長隨，使用的姓名籍貫都沒有定準，大概是預防奸謀貪贓敗露後，使人們無法追蹤拘捕他們。我父親姚安公曾見過房師陳石窗先生的一名長隨，他自稱是山東人朱文。後來在高淳縣知縣梁潤堂先生家再見到他時，則自稱是河南人李定。梁對他頗為倚重和信任。臨到梁知縣要動身時，這個人忽然生了怪病，於是將他託付姚安公暫留家中，約定病好後繼續前往。那長隨的病是從兩腳腳趾寸寸爛起，逐漸向上發展，直至胸膈穿漏而死。死後，人們翻檢他的袋子箱子，發現一本小冊，上面寫滿了蠅頭小字，記載着他總共跟隨過十七位官員。每個官員名下都分條列出他們的隱私，詳細記載事情發生在何時何地，某人知曉，某人在旁目睹，以及該官員的往來書信、審案的判決書和文件，無不一一記錄下來。他的同行有了解其人的說道：「這個人曾經用這種方法挾制過幾個官員了。他的妻子原來也是某官員的侍婢，被他勾搭上私逃，走時留了一封信在桌上，那官員竟不敢追查。現在他得了這病，豈不是天意報應嗎？」

霍易書老先生說：「這類人投靠人家門戶，本是為了營私舞弊的目的而來。比如養鷹吧，牠本吃肉，絕不能強求牠吃穀物，問題在於主人能否善於駕馭牠們罷了。如果主人喜歡他們的機靈，託付以親信的重任，這就像倒拿着刀劍，讓刀劍把子給人抓住一樣，反受其害。這個長隨不值得責備，我要責備的是那十七位官員哩！」

姚安公說：「這話還未抓住根本問題。倘若那十七位官員，都絕對沒有見不得人的隱私可記，那麼即使長隨天天帶着筆等候，又能做得出甚麼來呢！」

姜三莽

姜三莽為人「勇而戇」，因此他心目中的鬼只是可供他捉來換錢買酒肉的獵物，而根本不值得懼怕。但是，現實中的確沒有鬼，他也終於毫無所獲了。

姚安公聞先曾祖潤生公言：景城有姜三莽者，勇而戇①。

【注釋】❶ 戇（gàng）：魯莽。

一日，聞人説宋定伯賣鬼得錢事①，大喜曰：「吾今乃知鬼可縛。如每夜縛一鬼，唾使變羊，曉而牽賣於屠市，足供一日酒肉資矣。」於是夜夜荷梃執繩，潛行墟墓間，如獵者之伺狐兔，竟不能遇。即素稱有鬼之處，佯醉寢以誘致之，亦寂然無睹。一夕，隔林見數磷火，踴躍奔赴；未至間，已星散去。懊恨而返。如是月餘，無所得，乃止。

卷八《如是我聞》二

【注釋】❶宋定伯賣鬼：晉人干寶《搜神記》卷十六記載：宋定伯夜行遇鬼，與之交談，定伯冒充新鬼，向鬼探問出怕人唾的弱點。定伯於是捉鬼唾之以唾沫，鬼便化為羊。定伯賣羊，得錢一千五百。

蓋鬼之侮人，恆乘人之畏。三莽確信鬼可縛，意中已視鬼蔑如矣。其氣焰足以懾鬼，故鬼反避之也。

【翻譯】

我的父親姚安公聽先曾祖潤生公講過這樣一件事：景城有個叫姜三莽的人，性情勇敢而又戇直。

一天，他聽人說起宋定伯賣鬼得錢的故事，很高興地說道：「我今天才知道鬼是可以捉的。如果每晚捉一個鬼，吐唾沫使它變成羊，天明牽到屠宰場賣掉，就足夠我一天飲酒吃肉的花費了。」於是每晚扛着棍棒、拿着繩子，潛身行走在廢墟和墳墓間，像獵手守候狐狸兔子一樣。但他始終沒遇到過鬼，即使素來被人們說是有鬼的地方，他假裝醉後睡着以引誘鬼出來，也寂然見不到鬼影。一天晚上，他見隔着樹叢的地方有幾點磷火，便跳躍奔向那裏，還未到達時，那些磷火便已星散了，他只好懊喪地走回來。就這樣鬧了一個多月，仍是一無所獲，他只好罷手。

大概鬼之所以能侵害人，往往是趁着人們畏懼時動手。姜三莽確信鬼是可以捕捉的，心中已把鬼看得沒有甚麼了不起，他的氣焰足以鎮懾住鬼，所以鬼反而要避開他了。

自貽伊戚

別人事事都迎合自己的心意，必定懷有不可告人的目的。如果不設法防範或拒絕，反而信任不疑，必然是自招煩惱。

甲與乙相善，甲延乙理家政。及官撫軍①，並使佐官政，惟其言是從。久而資財皆為所乾沒，始悟其奸，稍稍譙責之②。乙挾甲陰事，遽反噬。甲不勝憤，乃投牒訴城隍。夜夢城隍語之曰：「乙險惡如是，公何以信任不疑？」甲曰：「為其事事如我意也。」神喟然曰：「人能事事如我意，可畏甚矣！公不畏之而反喜之，不公之紿而紿誰耶③？渠惡貫將盈④，終必食報。若公則自貽伊戚⑤，可無庸訴也。」

此甲親告姚安公者。事在雍正末年。甲滇人，乙越人也。

卷八《如是我聞》二

【注釋】❶撫軍：即巡撫。清代一省的最高行政長官。❷譙（qiào）：責備。❸紿（dài）：欺騙。❹惡貫將盈：從惡貫滿盈一語變化而來。貫，穿。盈，滿。意思是罪惡貫穿滿了繩索，累積到極限。❺自貽伊戚：語見《詩經・小雅・小明》，意思是自尋煩惱。

【翻譯】

甲同乙很要好，甲請乙來管理家務。後來甲當上巡撫，並請乙協助政務，凡事都聽從乙的意見。日久，甲的資財都被乙侵吞了，甲這才省悟到乙的奸計，略微開始責備他。但乙抓住甲的隱私，馬上反咬一口。甲氣憤不過，便遞訴狀向城隍投訴。夜裏夢見城隍對他說：「乙這麼險惡陰毒，您為甚麼對他信任不疑？」甲答道：「因為他每件事都合我的心意呀。」神歎息道：「假如有人事事都合自己的心意，這就十分可怕了。您不怕這種人，反而喜歡他，那麼，他不騙您還騙誰呢？他作惡多端，最後必定遭到惡報。至於您，則是自己招來的煩惱，可以不必控告了。」

這是甲親自告訴我父親姚安公的。事情發生在雍正末年。甲是雲南人，乙是浙江人。

假魅

世間許多被認為是鬼魅怪異的事，其實都是人為的，或者乾脆就是當事者的幻覺。這個故事説的就是這個意思。至於天花板射出火焰，今天看來，有可能是由於熱量蘊積過多，超過燃點而自燃，並不是神秘的、不可思議的事情。

陳少廷尉耕巖官翰林時①，為魅所擾。避而遷居，魅輒隨往。多擲小帖道其陰事②，皆外人不及知者。益悚懼，恆虔祀之。

【注釋】❶少廷尉：清代官名。❷帖：小字條。

一日擲帖，責其待姪之薄，且曰：「不厚資助，禍且至。」眾緣是竊疑其姪，密約伺察。夜聞擊損器物聲，突出掩執①，果其姪也。耕巖天性長厚，尤篤於骨肉②，但曰：「爾需錢可告我，何必乃爾？」笑遣之歸寢，由是遂安。

【注釋】❶掩執：乘其不備而捕捉。❷篤：深厚。

後吳編修樸園突遭回祿①，莫知火之自來。凡再徙居而再焚，余意亦當如耕巖事。樸園曰：「固亦疑之。」然第三次遷泉州會館時，適與客坐廳事中，忽烈焰赫然，自承塵下射②。是非人所能上，亦非人所能入也，殆真魅所為矣。

卷九《如是我聞》三

【注釋】❶編修：清代官名。❷承塵：天花板。

【翻譯】

少廷尉陳耕巖在翰林院做官的時候，被鬼魅所騷擾。他為了逃避騷擾而遷居，但是鬼魅總是隨着前去。這些鬼魅常是投擲小字條揭他的隱私，說的都是些外人所不能知道的事。陳耕巖更加害怕了，常常虔誠地拜祭禱告。

有一天，鬼魅又丟下一張字條，內容是責備陳耕巖待姪兒太刻薄，並且警告說：「如果不豐厚地資助姪兒，災禍將會降臨。」大家由此懷疑是他的姪兒在搗鬼，暗中相約守候偵察。一天夜裏，聽到砸壞器皿物件的聲音，大家突然出來圍捕，果然是耕巖的姪兒。耕巖天性溫和厚道，尤其對骨肉之親感情深厚，只是說：「你需要錢可告訴我，何必這樣做呢？」笑着叫他回去睡覺，從此就安然無事了。

後來，翰林院編修吳樸園家突然遭到火災，不知道火是從哪裏冒出來的。他再遷居又再次被火焚。我猜想這也必定是像陳耕巖那樣的事。樸園說：「我本也懷疑是這樣。」但當他第三次遷居泉州會館的時候，一天正與客人坐在大廳中，忽然烈火從天花板內向下射出。那地方不是人所能上得去，也不是人所能躲得進的，這大概真是鬼魅所做的了。

假名斂財

道士裝神弄鬼，假借王靈官之名以發財。不料別人也同樣裝神弄鬼，用王靈官來嚇唬他，讓他逐一交待詐偽的底細，其狼狽情狀，令人發笑。以其人之道，還治其人之身，在當時也算得上是破除迷信的良法。

田氏媪詭言其家事狐神，婦女多焚香問休咎，頗獲利。俄而羣狐大集，需索酒食，罄所獲不足供①，乃被擊破甕盎，燒損衣物。哀乞不能遣，怖而他投。瀕行時，聞屋上大笑曰：「爾還敢假名斂財否？」自是遂寂，亦遂不徙。然並其先有之資，耗大半矣。此余幼時聞先太夫人說。

【注釋】❶罄（qìng）：盡。

又有道士稱奉王靈官①，擲錢卜事②，時有驗，祈禱亦盛。偶惡少數輩，挾妓入廟，為所阻。乃陰從伶人假靈官鬼卒衣冠③，乘其夜醮④，突自屋脊躍下，據坐訶責其惑眾；命鬼卒縛之，持鐵蒺藜將拷問⑤。道士惶怖伏罪，具陳虛誑取錢狀。乃哄堂一笑，脱衣冠高唱而出。次日，覓道士，則已竄矣。此雍正甲寅七月事⑥。余隨先姚安公宿沙河橋，聞逆旅主人説⑦。

卷九《如是我聞》三

【注釋】❶王靈官：道教神名。又名玉樞火府天將。相傳為宋徽宗時人，姓王名善，曾得道教首領傳授符法。❷擲錢卜事：擲錢即擲卦，其法以錢三文在爐上熏過，口念祝詞，祝畢擲錢，視錢之正反，三擲成卦，以卜吉凶。❸假：借。❹醮（jiào）：設壇祭神。❺鐵蒺藜：古代軍用障路器械，俗稱鐵菱角，為鐵製之三角物，尖刺如蒺藜。❻雍正甲寅：清代雍正十二年。❼逆旅：旅舍。

【翻譯】

田氏老太婆詐稱她家供奉了狐神，婦女們多前去燒香求問禍福，田氏因此很賺了一些錢。不久，羣狐大量聚集她家，索取酒食，田氏把賺來的錢全賠上，還不夠供奉牠們。於是羣狐打破罏罏罐罐，燒壞衣物。田氏苦苦哀求牠們離開，但牠們不走，田氏懼怕，打算遷居到別的地方。臨走時，聽到屋上有大笑聲說道：「你還敢借別人名義來賺錢嗎？」從此便安靜不再鬧了，田老太婆也就沒再遷居，但是她原先已有的財產已因此消耗了一大半。這事是我年少時聽先母說的。

另外，有個道士自稱供奉王靈官，用擲錢卜卦的辦法來卜問事情，往往有些靈驗，人們來求他祈禱神靈的也很多。有一次，幾個惡少年攜帶妓女入廟，被道士所拒絕。於是惡少年們暗中向戲子借來演王靈官和鬼卒的戲服、帽子穿上，趁着道士夜裏打醮時，突然從屋脊跳下來，踞坐責罵道士妖言惑眾，命令鬼卒將他捆起來，提起鐵蒺藜就要拷問。道士驚惶認罪，逐一陳述弄虛作假、詐取錢財的手段。於是惡少年們哄堂大笑，脱掉衣帽高聲唱着歌走出廟門。第二天，人們找那道士，則已經溜掉了。這是雍正十二年七月間的事。我跟先父姚安公夜裏投宿沙河橋時，聽旅店老闆説的。

圓光術

龐斗樞被認為會圓光術。但當他為朋友所逼要施術時，卻沒有拿出真「本領」來，而是用餅餌去哄小孩，串通玩了一出把戲，藉以規勸朋友。從這點看，恰好證明圓光術的虛妄。

世有圓光術①：張素紙於壁，焚符召神，使五六歲童子視之。童子必見紙上突現大圓鏡，鏡中人物，歷歷示未來之事，猶卦影也②。但卦影隱示其象，此則明著其形耳。

【注釋】❶圓光術：舊時江湖術士宣揚迷信的騙人伎倆。術士持鏡或白紙念咒，然後讓兒童觀看，說上面能出現種種形象，以此預卜吉凶禍福。❷卦影：江湖術士的一種迷信術，以詩、畫、筆劃圖案等附會人事，以預卜吉凶。

龐斗樞能此術，某生素與斗樞狎①，嘗覬覦一婦，密祈斗樞圓光，觀諧否。斗樞駭曰：「此事豈可瀆鬼神。」固強之。不得已為焚符，童子注視良久曰：「見一亭子，中設一榻，三娘子與一少年坐其上。」三娘子者，某生之亡妾也。方訴責童子妄語，斗樞大笑曰：「吾亦見之。亭中尚有一匾，童子不識字耳。」怒問：「何字？」曰：「『己所不欲』四字也②。」某生默然，拂衣去。

【注釋】❶狎（xiá）：親密。❷己所不欲：《論語・顏淵》：「己所不欲，勿施於人。」意謂自己所不喜歡的事物，不要強加於別人。

或曰：「斗樞所焚實非符，先以餅餌誘童子，教作是語。」是殆近之。雖曰惡謔，要未失朋友規過之義也。

【翻譯】

世上有一種圓光術：把一張白紙張開在牆壁上，然後燒符請神，讓五六歲的孩子觀看那張紙，孩子必會見到紙上突然出現個大圓鏡；鏡裏的人物，歷歷顯示着未來的事情，如同卦影一樣。但卦影只暗示跡象，這圓鏡則可以清楚地顯現形狀。

龐鬥樞會這種方術。某書生向來和鬥樞親密，他曾打一位婦女的主意，於是暗中求鬥樞施行圓光術，看看事情能否成功。鬥樞吃驚地說道：「這樣的事怎可以冒瀆鬼神？」某生再三強要他做，鬥樞不得已為他燒了符，請個孩子注視了許久，那孩子說：「見到一座亭子，亭子中間擺了一張牀，三娘子和一個少年坐在上面。」三娘子是某生死了的妾。某生正在責罵小孩子胡說，鬥樞大笑道：「我也看到這些。亭子裏還懸有一塊匾，小孩子不認識上面寫的字，所以沒有提到罷了。」某生怒問：「甚麼字？」答道：「是『己所不欲』四個字呀。」某生無話可說，抖抖衣服生氣地走了。

對於這件事，有些人說：「鬥樞所燒的其實並非符，他先用糕餅哄那孩子，教他說了上面的那番話。」這種說法近乎事實。雖說這是惡作劇，但歸根到底，並不違背應當規諫朋友過失的道理。

某醫

這是個值得思考的故事。懷孕女子告狀的理由，是醫生沒有因應事勢的不同來處理事情，平白害了兩條生命。醫生則認為不管情勢如何變化，「理」要堅持到底。作者反對宋代以至當時的理學家們只講「理」而不顧客觀利害的理論，他記錄這篇故事的用意是十分清楚的。

吳惠叔言：醫者某生，素謹厚。一夜，有老媼持金釧一雙，就買墮胎藥。醫者大駭，峻拒之。次夕，又添持珠花兩枝來。醫者益駭，力揮去。越半載餘，忽夢為冥司所拘，言有訴其殺人者。至則一披髮女子，項勒紅巾，泣陳乞藥不與狀。醫者曰：「藥以活人，豈敢殺人以漁利！汝自以奸敗，於我何尤？」女子曰：「我乞藥時，孕未成形，倘得墮之，我可不死。是破一無知之血塊，而全一待盡之命也。既不得藥，不能不產，以致子遭扼殺，受諸痛苦，我亦見逼而就縊。是汝欲全一命，反戕兩命矣。罪不歸汝，反歸誰乎？」冥官喟然曰：「汝之所言，酌乎事勢；彼所執者，則理也。宋以來，固執一理而不揆事勢之利害者①，獨此人也哉？汝且休矣！」拊几有聲，醫者悚然而寤。

卷九《如是我聞》三

【注釋】❶ 理：這裏指的是宋代理學家程朱派提倡的理。他們認為：「未有天地之先，畢竟也只是理，有此理，便有此天地。」他們所說的理，實際上指的是封建倫理綱常。而理是無所不在、永恆存在的，所以他們的理論是企圖使封建倫理永恆化。

【翻譯】

吳惠叔講了這樣一件事：有某醫生，素來謹慎忠厚。一天晚上，有位老婦拿了金釧一雙，來買墮胎藥，醫生大驚，堅決拒售。第二晚，老婦又加了珠花兩枝來買，醫生更吃驚了，極力趕走了她。過了半年多，醫生忽然夢見被陰司拘傳，說是有人控告他殺了人。到了陰司，只見一個披頭散髮的女子，脖子上勒着紅巾，向陰官哭訴向那醫生買藥不成的情況。醫生說道：「藥物是用來救人的，我怎麼敢殺人以圖利！你自己因為姦情而死，能怨我麼？」女子說道：「我求藥的時候，懷的胎兒還未成形，如果墮了它，我就可以不死。這樣做不過毀掉一塊沒有知覺的血塊，而保存一條等死的人命呀！既然得不到藥物，我就不能不把孩子生下來，以致孩子遭到扼殺，受了種種痛苦，我也被逼而上吊了。這樣一來你想保全一條生命，反而害了兩條生命呀！罪過不歸你承擔，反要歸誰承擔呢？」陰官歎息道：「你所說的，是斟酌當時事勢的處理辦法；他所堅持的，卻是『理』呀。自從宋代以來，固執一個『理』字而不考慮事勢的利和害的人，哪裏只他這個人呢？這事你就算了吧！」說時敲着桌子發出聲音，醫生悚然一驚就醒過來了。

老太婆劫走人家的女兒，主客觀的理由均不能成立，令人茫然不解。後來情況查明，則事件的曲折，手段的出奇，都有令人意想不到之處。世事的複雜和變化，確是不能用簡單刻板的方法去判斷的。

至危至急之地，或忽出奇焉；無理無情之事，或別有故焉。破格而為之，不能膠柱而斷之也①。

【注釋】❶膠柱：成語「膠柱鼓瑟」的縮略。膠，粘住。柱，瑟上用以張弦的零件，可調節它來改變聲音。柱被粘住，音調便無法調節，比喻拘泥而不知變通。

吾鄉一媼，無故率媼嫗數十人，突至鄰村一家，排闥強劫其女去①。以為尋釁，則素不往來；以為奪婚，則媼又無子。鄉黨駭異②，莫解其由。女家訟於官，官出牒拘攝，媼已攜女先逃，不能蹤跡；同行婢嫗，亦四散逋亡③。縲絏多人④，輾轉推鞫，始有一人吐實，曰：「媼一子，病瘵垂歿⑤，媼撫之慟曰：『汝死自命，惜哉不留一孫，使祖父竟為餒鬼也。』子呻吟曰：『孫不可必得，然有望焉。吾與某氏女私昵，孕八月矣，但恐產必見殺耳。』子歿後，媼咄咄獨語十餘日，突有此舉，殆劫女以全其胎耶？」官憮然曰⑥：「然則是不必緝，過兩三月自返耳。」

【注釋】❶闥（tà）：小門。❷鄉黨：鄉里。❸逋（bū）亡：逃跑。❹縲絏（léi xiè）：捆綁犯人的繩索，引申為囚禁。❺病瘵（zhài）：得了肺癆病。❻憮（wǔ）然：悵惘失望的樣子。

屆期果抱孫自首，官無如之何，僅斷以不應重律①，擬杖納贖而已②。此事如兔起鶻落③，少縱即逝。此媼亦捷疾若神矣。

【注釋】❶不應重律：清代刑律有「不應為」一條，即做了不該做的事。而不應為罪又可分輕重量刑。這裏是指以「不應為」罪從重處罰。❷擬杖納贖：判決打板子的處罰，但允許用錢來贖免。❸兔起鶻（hú）落：如兔子的躍起、鷹隼的衝下，以喻動作迅捷。

安靜涵言：其攜女宵遁時，以三車載婢媼，與己分四路行，故莫測所在。又不遵官路，橫斜曲折，歧復有歧，故莫知所向。且曉行夜宿，不淹留一日，俟分娩乃稅宅①，故莫跡所居停。其心計尤周密也。女歸，為父母所棄，遂偕媼撫孤，竟不再嫁。以其初涉溱洧②，故旌典不及③，今亦不著其氏族焉。

卷十《如是我聞》四

【注釋】❶稅宅：租房子。❷涉溱洧（zhēn wěi）：《詩經・鄭風・溱洧》寫鄭國風俗，三月三日人們到溱水、洧水邊上娛樂，男女互相愛戀，贈送禮物。後來以此指男女不合禮法的私情。❸旌典：表揚貞節婦女的典冊。

【翻譯】

在最危最急的地方，有時會忽然出現意想不到的事；發生無理無情的事情，其中或許會另有緣故。這時應當不拘常規來解決，而不能用刻板不變的方法予以判斷。

我家鄉有位老婦人，無緣無故帶領幾十個老年婦女，突然到鄰村一戶人家裏，推門直入，把他家的女兒搶走了。人們若以為是尋仇鬧事吧，這兩家卻一向沒有往來；以為是強搶成婚吧，那老婦又並沒有兒子。鄉里驚怪，不明白是甚麼原因。女家向官府控告，官府發出公文拘捕，而老婦已帶了女子先逃，無法追尋其蹤跡；和那老婦一同參與此事的婦女也四散逃亡。官府拘留了許多人，經過反復審問，才有一人吐露了真實情況，她說：「老婦只有一個兒子，患上肺癆病快死了。老婦撫摸着兒子痛哭說：『你死自是命中所註定，可惜沒有留下一個孫兒，使祖父竟成為不能享受祭祀之鬼了。』兒子呻吟着說：『孫兒不一定能得到，但也還有希望。我和某人的女兒私下發生過關係，她已經有八個月的身孕，但恐怕那孩子生下來必定會被弄死罷了。』兒子死後，老婦獨自嗟歎嘮叨了十多天，便突然做出這件事來，大概是劫取那女子以保全其胎兒吧？」官員悵惘地說：「既然這樣就不必緝捕了，過兩三個月他們會自己回來的。」

到期果然老婦抱着孫兒來自首，官員也無奈她何，僅判以犯「不應為」從重的律例，處以打板子刑罰，但可以繳款贖免而已。這事的變化像兔起鶻落般迅捷，稍放鬆點就過去了。這老婦也真敏捷如神啊！

安靜涵說：當老婦帶了那女子乘夜逃跑時，用三輛車子載上婢女和老婆子，加上自己一車，分四條路行進，所以人們無法測知她在哪一路車裏。她又不走官路，而是橫斜曲折地走，岔路中又有岔路，所以沒人知道她的去向。而且她早行夜宿，一天也不停留，等那女子要分娩時才租屋住下來，所以無法尋到她的住處。其算計是十分周密的。女子回家後，被父母所拋棄，便來同老婦一起撫養孤兒，始終沒有再嫁人了。因為她開頭是私自相愛幽會，所以旌表節婦的典冊沒有記載她的名字，這裏也不指明她的氏族了。

甲乙相仇

甲乙互相仇視，互相想陷害對方。但甲的手段陰險周密，層層設下陷阱，使乙墮入圈套而不自知，亦可見人心狡詐、世情危惡了。最後作者為甲和某人開脫責任，持論似公允而實不妥。

甲乙有夙怨，乙日夜謀傾甲①。甲知之，乃陰使其黨某以他途入乙家，凡為乙謀，皆算無遺策②；凡乙有所為，皆以甲財密助其費，費省而工倍。

【注釋】❶ 傾：在這裏是搞垮的意思。❷ 算無遺策：算計周密，毫無疏漏。

越一兩歲，大見信，素所倚任者皆退聽①。乃乘間說乙曰：「甲昔陰調我婦，諱弗敢言，然銜之實次骨②。以力弗敵，弗敢攖③。聞君亦有仇於甲，故效犬馬於門下。所以盡心於君者，固以報知遇，亦為是謀也。今有隙可抵，盍圖之④。」乙大喜過望，出多金使謀甲。某乃以乙金為甲行賄，無所不曲到。阱既成，偽造甲惡跡及證佐姓名以報乙，使具牒⑤。比庭鞫，則事皆子虛烏有⑥，證佐亦莫不倒戈，遂一敗塗地，坐誣論戍。憤恚甚，以昵某久，平生陰事皆在其手，不敢再舉，竟氣結死。死時誓訴於地下，然越數十年卒無報。

【注釋】❶退聽：摒退不再聽信其言。❷次骨：入骨。❸攖（yīng）：接近，觸犯。❹盍（hé）：何不。❺牒：這裏是指狀子。❻子虛烏有：漢代司馬相如作《子虛賦》，假託子虛、烏有先生及亡是公三人互相問答，後來便用子虛烏有指虛假、不存在的事。

論者謂難端發自乙，甲勢不兩立，乃鋌而走險，不過自救之兵，其罪不在甲。某本為甲反間，各忠其所事，於乙不為負心，亦不能甚加以罪，故鬼神弗理也。此事在康熙末年①。《越絕書》載子貢謂越王曰：「夫有謀人之心，而使人知之者，危也。」豈不信哉！

【注釋】

❶ 康熙：清聖祖玄燁的年號。

【翻譯】

甲和乙有舊仇，乙日夜都打算搞垮甲。甲知道乙的圖謀，便暗中指使其同黨某人，從另外途徑打入乙家，凡是為乙策劃的事，他都算計周密而未失算過；凡是乙想幹甚麼，他都用甲的錢財秘密資助其費用，花錢省而效益成倍增加。

過了一兩年，某人很得乙的信任，以前被乙所依靠信任的人都被摒退，不再聽他們的了。某人於是找機會勸說乙道：「甲從前調戲過我妻子，我避忌不敢說出來，但其實恨他入骨，因為力量敵不過他，所以不敢觸犯。聽說您也與甲有仇，所以我來你家效犬馬之勞。我之所以盡心服務於您，固然是為了報答知遇之恩，也為了要對甲報仇。現在有機可乘，何不策劃對他報復呢？」乙大喜過望，拿出許多錢給某人，叫他謀陷甲。某人於是用乙的錢替甲進行賄賂，沒有哪處不賄賂到。陷阱既已構成，某人便偽造甲的劣跡和證人姓名告知乙，叫他向官府呈上訴狀。及至開庭審問，則所控訴的事都是不存在的，證人也全部反戈相向，乙便一敗塗地，被定為誣告反坐罪判處流放。乙十分憤怒，但因為和某人的長期親密關係，平日的隱私都被他掌握，不敢再控告，竟氣死了。死時發誓要到陰間控告他，但過了幾十年還是沒有報應。

評論者認為這件事首先發難的是乙，甲已處於勢不兩立的地步，於是鋌而走險，其目的不過是使自身免遭傷害，罪過不在甲這邊。某人本是為甲去實行反間計的人，是盡忠於其職責，他對乙不算負心，也不能加給他太大的罪名，所以鬼神都不理睬這件事。這事發生在康熙末年。《越絕書》記載子貢對越王說：「但凡有謀害別人的心而讓人家知道的，就危險了。」這話難道不是十分確實嗎！

乩詐

扶乩請神本是愚弄羣眾的迷信行為，但在清代，這種風氣十分流行，甚至軍國大事也有用扶乩方法來決定的，豈非兒戲！本篇故事指出，扶乩可能被用以掩蓋犯罪，也可能被用來陷害好人，為害甚大。文末，作者認為只能把扶乩當作遊戲玩玩，不可用以預卜吉凶禍福，雖未能徹底否定這種迷信行為，但在當時已屬難能可貴的見解了。

汪旭初言：見扶乩者①，其仙自稱張紫陽②。

【注釋】❶扶乩（jī）：舊時迷信活動，兩人共扶一箕請神，箕上插筆，在沙盤上畫字，以卜吉凶。
❷張紫陽：名伯端，字平叔，宋代方士，曾著《悟真篇》。

叩以《悟真篇》①，弗能答也，但判曰「金丹大道，不敢輕傳」而已。會有僕婦竊資私逃，僕叩問：「尚可追捕否？」仙判曰：「爾過去生中②，以財誘人，買其妻；又誘之飲博，仍取其財。此人今世相遇，誘汝婦逃者，買妻報；並竊資者，取財報也。冥數先定，追捕亦不得，不如已也。」旭初曰：「真仙自不妄語。然此論一出，凡奸盜皆諉諸夙因③，可勿追捕，不推波助瀾乎？」乩不能答。

【注釋】❶《悟真篇》：張紫陽講述點金、煉丹術的書，玄妙神秘，極難索解。❷過去生：佛教用語，即前生。❸夙因：前世的因緣。

有疑之者曰：「此扶乩人多從狡獪惡少遊①，安知不有人匿僕妻而教之作此語？」陰使人偵之。

【注釋】❶狡獪（kuài）：奸詐。

薄暮，果赴一曲巷。登屋脊密伺，則聚而呼盧①，僕婦方豔飾行酒矣②。潛呼邏卒圍所居，乃弭首就縛。

【注釋】❶呼盧：成語「呼盧喝雉」的縮略。古時一種賭博遊戲，又叫樗蒲、五木。削木為子，共五個，一子兩面，一面塗黑，畫牛犢；一面塗白，畫雉。五子都黑，叫盧，得頭彩。擲子時，高聲喊叫望五子都成盧，故稱呼盧。❷行酒：巡行席間，依次斟酒勸飲。

律禁師、巫①，為奸民竄伏其中也。藍道行嘗假此術以敗嚴嵩②，論者不甚以為非，惡嵩故也。然楊、沈諸公③，喋血碎首而不能爭者，一方士從容談笑，乃制其死命，則其力亦大矣。幸所排者為嵩，使因而排及清流④，雖韓、范、富、歐陽⑤，能與枝梧乎⑥？

【注釋】❶師、巫：師公、巫婆。❷藍道行：明世宗時術士。世宗曾問道行，現在國家為甚麼不興盛，道行乘機假借乩語揭發嚴嵩的罪行。正逢御史鄒應龍也上疏揭露嚴嵩，終於使奸臣嚴嵩被治罪。❸楊、沈諸公：楊繼盛、沈練等人都曾上疏揭發嚴嵩的罪惡，但都無效，反被嚴嵩所害。❹清流：正直高尚、不與人同流合污的士大夫。❺韓、范、富、歐陽：韓琦、范仲淹、富弼、歐陽修，四人均為宋代賢臣。❻枝梧：抗拒。

故乩仙之術，士大夫偶然遊戲，倡和詩詞，等諸觀劇則可；若借卜吉凶，君子當怖其卒也①。

卷十一《槐西雜誌》一

【注釋】❶卒（cù）：同「猝」，突然。

【翻譯】

汪旭初講了這樣一件事：曾見有人扶乩，請來的乩仙自稱是張紫陽。人們問及《悟真篇》這本書，他不能對答，只是寫道：「那是煉金丹的大法，不敢隨便告訴人。」其時剛好有個僕人的妻子偷了錢私逃，僕人便問：「那女人還能追到嗎？」乩仙寫道：「你前世用錢財引誘人家，買了他的妻子；以後又引誘他飲酒賭博，仍舊取回他所得的錢。這人今世與你相遇，他引誘你老婆逃走這一樁事，是你買他妻子的報應；並且還偷了你的錢，這是你騙取他的錢的報應。陰間早有定數，縱使你追捕也捉不到他們的，不如算了吧。」旭初道：「真仙自然不會亂說，但您這個說法一出來，凡是奸邪、偷盜的人都將自己的行為推託是前生的果報，可以不必追捕，這不是對壞行為起了推波助瀾的作用嗎？」乩無法回答。

有懷疑這件事的人說：「這個扶乩的人多和狡詐的惡少年來往，又怎知不是有人把僕人妻子藏了起來，而教他編造這些乩語呢？」於是暗中派人去偵查。黃昏時，果然看見扶乩者到一條偏僻的小巷去。偵查的人登上屋脊，秘密探察，見一些人在聚賭，那僕人的老婆正豔裝逐一向客人勸酒。他暗中招呼巡邏兵丁，包圍了那住宅，屋中人於是俯首被擒。

律例禁止師公、巫婆，因為作奸犯科的人會藏匿其中。明代術士藍道行曾借用這扶乩術打倒了嚴嵩，評論這事的人並未認為有甚麼不妥，那是因為大家都厭惡嚴嵩的緣故。楊繼盛、沈練諸公撞破頭顱、流血滿地而不能達到的目的，一名方術之士在從容談笑之間，卻置嚴嵩於死地，他的力量也真是大得很啊！幸好所打擊的是嚴嵩，倘因此而打擊到清高正直的士大夫們，那麼，雖是韓琦、范仲淹、富弼、歐陽修這樣的賢臣，能有力量和他對抗嗎？

所以扶乩請仙這種方術，士大夫偶然玩玩，用來唱和詩詞，當作看戲那樣是可以的；如果真靠它來卜問吉凶，君子之人就要提防被突然中傷呀！

唐打獵

這是一個著名的、寓意深刻的故事。旌德縣猛虎為患，已傷獵戶數人，其暴烈與難以對付可知。可是唐家派來的打虎者，不是魁梧勇健的壯士，而是毫不起眼的老少二人，不免讓人懷疑他們的能力。在打虎過程中，唐老翁表現出自信、從容和超凡的本領，使人從中得到了有益的啟示：一個人的能力高低，絕不能僅憑外表來判斷；而絕技的形成，則要靠「練臂十年，練目十年」那樣的苦練和熟習。

族兄中涵知旌德縣時①，近城有虎暴，傷獵戶數人，不能捕。邑人請曰：「非聘徽州唐打獵，不能除此患也。」（休寧戴東原曰②：「明代有唐某，甫新婚而戕於虎。其後婦生一子，祝之曰：『爾不能殺虎，非我子也；後世子孫如不能殺虎，亦皆非我子孫也。』故唐氏世世能捕虎。」）

【注釋】❶旌（jīng）德縣：今屬安徽省。❷休寧：縣名，今屬安徽省。

乃遣吏持幣往。歸報唐氏選藝至精者二人，行且至。至則一老翁，鬚髮皓然，時咯咯作嗽；一童子，十六七耳。大失望，姑命具食。老翁察中涵意不滿，半跪啟曰：「聞此虎距城不五里，先往捕之，賜食未晚也。」遂命役導往。役至谷口，不敢行。老翁哂曰：「我在，爾尚畏耶？」入谷將半，老翁顧童子曰：「此畜似尚睡，汝呼之醒。」童子作虎嘯聲。果自林中出，徑搏老翁。老翁手一短柄斧，縱八九寸，橫半之，奮臂屹立。虎撲至，側首讓之。虎自頂上躍過，已血流仆地。視之，自頷下至尾閭①，皆觸斧裂矣。乃厚贈遣之。老翁自言煉臂十年，煉目十年。其目以毛帚掃之不瞬，其臂使壯夫攀之，懸身下縋不能動②。

【注釋】❶ 頷（hàn）：下巴。尾閭：古代傳說中海水所匯聚之處，這裏借指動物的尾椎骨。❷ 下縋（zhuì）：往下懸吊着。

《莊子》曰：「習伏眾神，巧者不過習者之門。」信夫。嘗見史舍人嗣彪暗中捉筆書條幅①，與秉燭無異。又聞靜海勵文恪公②，剪方寸紙一百片，書一字其上，片片向日疊映，無一筆絲毫出入。均習而已矣，非別有謬巧也。

卷十一《槐西雜誌》一

【注釋】❶ 舍人：清代內閣中的官員。❷ 勵文恪（kè）：清代大臣勵杜訥，字近公，靜海人，死後謚文恪。

【翻譯】

我的族兄紀中涵在做旌德縣知縣時，縣城附近出現老虎為害，傷了幾個獵戶，也沒能捕到它。該縣的人請求道：「不聘請徽州的唐打獵，是不能除掉這虎患的。」（休寧人戴東原說：「明代有一位姓唐的人，剛剛新婚便被老虎咬死。唐的妻子後來生下一個兒子，她叮囑兒子道：『你若不會捕殺老虎，就不是我的兒子；後世子孫如果不會捕殺老虎，也就不是我的子孫。』所以唐氏世世代代都擅長捕虎。」）

紀中涵於是派一位小官員帶着錢去徽州。小官員回來報告說唐氏選派了技藝最精的兩個人，已上路，即將到達。兩人來了，卻一個是老頭子，鬚髮都白了，不時咯咯地咳嗽着；一個是少年，年紀只有十六七歲罷了。中涵大失所望，姑且叫人為他們準備飲食。老頭子覺察到中涵有不滿的意思，便半跪稟告道：「聽說這隻老虎離縣城不到五里路，我先去捕殺牠，回來再吃飯也不晚。」中涵便叫差役帶他們前往。差役走到山谷口，便不敢再往前走了。老頭子笑他道：「有我在這裏，你還怕嗎？」進到山谷的一半，老頭子回頭對少年說：「這畜生好像還在睡覺，你把牠叫醒吧。」那少年發出虎嘯的聲音，老虎果然從樹林中出來，徑直向老頭子撲去。老頭子手拿一把短柄斧，斧長八九寸，寬為長度的一半。他振臂舉斧，屹立不動。虎撲了上來，老頭子把頭一偏讓開，老虎又從他頭頂躍過，已經淌着血倒在地上。仔細察看，那虎從頷下到尾椎骨都迎着斧刃裂開了。中涵於是厚贈財物送他們回去。老頭子說自己曾練臂力十年，練眼力十年。他的眼睛用毛帚去掃也不會眨一下；他的臂膀讓壯漢攀着，懸身下縋也不會動一動。

《莊子》說過：「苦苦練習，達到熟練，可以克服各種神奇的困難，技巧不過是從苦練中得來的。」這話是可信的呀！我曾見史嗣彪舍人在黑暗中執筆書寫條幅，和點起蠟燭寫的沒有兩樣。又聽說靜海人勵文恪公，剪一寸見方的紙一百張，每張上面寫一個字，一張張重疊起來向陽光映視，沒有一筆一畫有絲毫相差。這都是練習純熟罷了，並不是另有甚麼出奇的巧妙方法呀！

西域異物辨

古代中原地區，通過絲綢之路與西域交流頻繁。西域的一些珍奇特產，從此傳入中原，引起中原人民的新奇和興趣。同時，有些實非西域出產的奇特物產，又被習慣地附會為來自西域。作者到過新疆，通過實地觀察比較，糾正了一些古書和傳説中的錯誤。雜考和辨正，本是筆記的傳統內容之一，《閱微草堂筆記》中這類篇章不少，大都言之有物，態度客觀，具有一定的參考價值。

《桂苑叢談》記李衛公以方竹杖贈甘露寺僧①，云此竹出大宛國，堅實而正方，節眼鬚牙，四面對出云云。案方竹今閩、粵多有，不為異物。大宛即今哈薩克，已隸職方②，其地從不產竹，烏有所謂方者哉！

【注釋】❶《桂苑叢談》：傳為五代時嚴子休所作。李衛公：唐高祖李淵部下大將李靖，曾封衛國公。❷職方：清代兵部設有職方清吏司，掌管輿圖、軍制等事。已隸職方，意指這地方已收入我國版圖之內。

又《古今注》載烏孫有青田核①，大如六升瓠，空之以盛水，俄而成酒。案烏孫即今伊犁地，問之額魯特②，皆云無此。又《杜陽雜編》載元載造芸暉堂於私第③。芸香，草名也，出于闐國④，其香潔白如玉，入土不朽爛；舂之為屑，以塗其壁，故號曰芸暉。于闐即今和田地，亦未聞此物。惟西域有草名瑪努⑤，根似蒼朮⑥，番僧焚以供佛，頗為珍貴；然色不白，亦不可泥壁。均小說附會之詞也⑦。

【注釋】❶《古今注》：晉代崔豹所作。❷額魯特：西部蒙古族各部的統稱，分佈於青海、蒙古一帶。❸《杜陽雜編》：唐代蘇鶚所作。元載：唐代宗時宰相。私第：私人住宅。❹于闐國：古代于闐國在今新疆和田一帶。❺瑪努：據劉兆雲《閱微草堂筆記》選注頁一五〇注云：「瑪努，可能是外來語譯音。新疆南疆在宗教祭神儀式上燒的是一種小灌木，俗稱香木，似草而非草，很香，但不叫瑪努。」❻蒼朮：中藥名。❼小說：古代凡是叢雜的著作都稱為小說，本篇中的《桂苑叢談》等幾種，都是這種類型的著作。

【翻譯】

《桂苑叢談》記載李衛公把方竹杖贈給甘露寺僧人的事，說這種竹出產在大宛國，它質地堅實而外形正方，竹節眼和竹鬚都是從四面相對生出的。按方竹現在福建、廣東都很多，算不得奇異物產。大宛就是現在的哈薩克，已隸屬於我國版圖之內，那地方從來不出產竹子，哪有所謂方竹呢！另外，《古今注》記載烏孫地方出產有青田核，大得像六升容量的瓠，把它挖空了盛上水，不一會兒就成了酒。按烏孫即現在的伊犁地區，我問過額魯特的人，都說沒有這種青田核。

另外《杜陽雜編》記載元載在私人住宅裏建造芸暉堂。芸香是一種草的名字，出產在于闐國，它潔白如玉，埋入泥土裏也不會腐爛，把它舂成粉末，用來塗抹牆壁，所以這堂叫做「芸暉」。于闐就是現在的和田地區，也未聽說過有這種東西。只是西域有種草叫做瑪努的，草根似蒼朮，番僧把它燃着來供在佛像前，十分珍貴；但是它色澤並不潔白，也不能用來塗刷牆壁。上面提到的這些，都不過是小說雜記這類書的附會之詞罷了。

侍郎夫人

在封建社會裏，婢女只是奴隸，既沒有人身的自由，更沒有人格可言。主人對她們凌辱花樣之多，虐待手段之狠，不讀本篇，難以想像。若配合《復仇》一篇同讀，便知奴婢報仇，正是理所當然的事了。

某侍郎夫人卒①，蓋棺以後，方陳祭祀，忽一白鴿飛入幃，尋視無睹。俶擾間②，煙焰自棺中湧出，連甍累棟③，頃刻併焚。

【注釋】❶ 侍郎：清代各部長官，正職為尚書，副職為侍郎。❷ 俶（chù）擾：騷擾動亂。❸ 甍（méng）：屋脊。

聞其生時，御下嚴：凡買女奴，成券入門後，必引使長跪，先告戒數百語，謂之教導；教導後，即褫衣反接，撻百鞭，謂之試刑。或轉側，或呼號，撻彌甚。撻至不言不動，格格然如擊木石，始謂之知畏，然後驅使。安州陳宗伯夫人①，先太夫人姨也，曾至其家。常曰其僮僕婢媼，行列進退，雖大將練兵，無如是之整齊也。

【注釋】❶安州：今河北安新縣。宗伯：禮部尚書的別稱。

又余常至一親串家①，丈人行也，入其內室，見門左右懸二鞭，穗皆有血跡，柄皆光澤可鑒。聞其每將就寢，諸婢一一縛於凳，然後覆之以衾②，防其私遁或自戕也。後死時，兩股疽潰露骨③，一若杖痕。

【注釋】❶親串：親近的人或親戚。❷衾（qīn）：大被。❸疽（jū）：癰瘡。

【翻譯】

某侍郎的夫人死了，蓋了棺蓋以後，正在擺開祭品祭奠，忽然有一隻白鴿飛入幃帳內，人們尋視卻不見了。正慌亂間，有煙火從棺材裏湧出，一排排房屋，瞬息間便被燒毀了。

聽說夫人在世時，對下人管得很嚴。凡是買女奴，簽了契約入門後，必命令她直挺挺地跪着，先告誡幾百句話，稱為教導；教導之後，便剝去女奴的衣服，反綁雙手，打一百鞭，叫做試刑。有的女奴輾轉躲閃，有的女奴呼喊號叫，那就鞭打得更厲害。打到那女奴不吭聲不動彈，鞭子像打在木頭、石頭上那樣格格作響，才叫做知道畏懼，然後才使喚她做事情。安州人陳尚書的夫人，是我母親的姊妹，曾到過侍郎的家，常說他家的老少男女僕人，排成行列或前進後退，都有規矩，雖是大將訓練士兵，也沒有那麼整齊哩！

另外，我曾到過一位親戚家，這位親戚是我的長輩。入到他的內室，見門的左右各掛着一條鞭子，鞭穗上都留有血跡，鞭柄都光亮得能照見人。聽說那親戚每到要睡的時候，就將婢女們逐一捆在凳子上，然後蒙上被子，為的是防她們私逃或自殺。後來那親戚死時，兩條大腿長了癰疽，潰爛到露出骨骼，就像是被鞭打過的傷痕一樣。

太湖漁女

這則筆記高度讚揚了勞動人民的勇敢堅毅、敢於衝破封建禮法的精神，同時抨擊了道學家宣揚的寧死也不能違背禮教的害人理論。

吳惠叔言：太湖有漁户嫁女者，舟至波心，風浪陡作，舵師失措，已欹側欲沉。衆皆相抱哭。突新婦破簾出，一手把舵，一手牽篷索，折戧飛行①，直抵婿家，吉時猶未過也。洞庭人傳以為奇②。或有以越禮譏者，惠叔曰：「此本漁户女，日日船頭持篙櫓，不能責以必為宋伯姬也③。」

【注釋】❶ 折戧（chuàng）：戧，反方向。折戧，頂着逆風側帆航行。❷ 洞庭：指洞庭東山與洞庭西山，原為太湖中的兩個島，後與陸地相連。❸宋伯姬：《左傳》襄公三十年記載：宋國大火，宋伯姬嚴守婦女夜間無伴不出室的禮法，拒絕別人的勸說，不肯出屋，終被燒死。

又聞吾郡有焦氏女，不記何縣人，已受聘矣。有謀為媵者，中以蜚語，婿家欲離婚。父訟於官，而謀者陷阱已深，非惟證佐鑿鑿，且有自承為所歡者。女見事急，竟倩鄰媼導至婿家，升堂拜姑曰：「女非婦比，貞不貞有明證也。兒與其獻醜於官媒①，仍為所誣，不如獻醜於母前。」遂闔户弛服，請姑驗。訟立解。此較操舟之新婦更越禮矣，然危急存亡之時，有不得不如是者。講學家動以一死責人②，非通論也。

【注釋】❶官媒：官衙中的女役，女性罪犯的發堂、擇配偶、看管、解送等工作，均由官媒執行。❷講學家：指講求道學、竭力宣傳封建禮教的人。道學是宋儒的哲學思想，以繼承孔孟道統，宣揚性命義理之學為主。

【翻譯】

吳惠叔講了這麼一件事：太湖有戶漁民嫁女，船行到湖中心，突然風生浪起，舵手張惶失措，船已傾側，快要沉沒了。船上眾人相抱而哭，突然新娘子衝開門簾出來，一手掌舵，一手拽着篷索，駕船迎着逆風側帆飛駛，直達夫婿家。這時，擇定的吉時還未超過。洞庭東西山一帶的人傳為奇事。有些人譏笑這是超越禮法的行為，惠叔說：「她本是漁戶的女兒，每天都在船頭撐篙掌櫓，不能要求她必須像宋伯姬那樣呀！」

又聽說我家鄉河間府有個焦氏人家的女兒，記不起是哪個縣的人，已受了聘禮了。有一個圖謀娶她為妾的人，散佈流言蜚語中傷她，以致夫婿家想解除婚約。焦女的父親向官府控告，但是那搞陰謀的人設下的陷阱已深，不只證人確鑿，而且有自認是她情人的人。焦女見事情危急，竟然請鄰居老太太帶她到未婚夫家，登堂拜見婆婆說：「姑娘不比已婚婦女，貞節不貞節是有明顯證據的。我與其獻醜於官媒，不如獻醜於婆婆面前了。」於是她關起門窗，脱掉衣服，請婆婆檢驗。一場官司立刻消解了。她比駛船的新娘子更加超越禮法，但是在危急存亡的關頭，有不能不這樣做的道理。講學家動不動以死節來要求別人，這可不是通達的議論呀！

驅霧法

低溫霜凍天氣，霧氣能凍壞作物。本篇記述的以煙熏和槍擊散霧升溫的辦法，今天仍被使用着，只不過槍擊已發展為使用土火箭了。我們祖先在對大自然鬥爭中所表現出來的智慧和科學態度，是值得後人自豪的。

余鄉產棗，北以車運供京師，南隨漕舶以販鬻於諸省①，土人多以為恒業。棗未熟時，最畏霧，霧浥之則瘠而皺②，存皮與核矣。每霧初起，或於上風積柴草焚之，煙濃而霧散；或排烏銃迎擊，其散更速。蓋陽氣盛則陰霾消也③。凡妖物皆畏火器。

【注釋】❶漕舶：運糧船。鬻（yù）：賣。❷浥（yì）：沾濕。❸陰霾（mái）：大風夾雜着塵土的陰沉天氣，這裏則用以指陰氣。

史丈松濤言：山陝間每山中黃雲暴起，則有風雹害稼。以巨炮迎擊，有墮蝦蟆如車輪大者。余督學福建時①，山魈或夜行屋瓦上②，格格有聲。遇轅門鳴炮③，則踉蹌奔迸，頃刻寂然。鬼亦畏火器。余在烏魯木齊，曾以銃擊厲鬼，不能復聚成形。（語詳《灤陽消夏錄》）蓋妖鬼亦皆陰類也。

卷十三《槐西雜誌》三

【注釋】❶督學：清代管理一省教育的官員叫提督學政。❷山魈（xiāo）：傳説中的山中怪物。❸轅門：古代帝王出巡、田獵，止宿在野外，仰起兩車，使車轅相向交接，成一半圓形的門，叫轅門。後以指將帥的營門及總督巡撫等官署的外門。

【翻譯】

我家鄉出產棗子，向北用車運去供應京師，向南搭載運糧船以行銷於各省，本地人多以種棗為固定職業。棗子未熟時，最怕霧，被霧水沾濕了的棗子便乾癟而皺，只剩得皮和核了。每逢霧剛起時，人們或於上風處堆起柴草焚燒，煙濃而霧散；或排列鳥槍對霧迎擊，霧消散得更快。這大概是由於陽氣旺盛就使陰氣消散了。凡妖物都是怕火器的。

史松濤前輩說：「山西、陝西之間每逢山中黃雲猛然升起，就有大風和冰雹為害莊稼。用大炮對之迎擊，有時會掉下車輪般大的蛤蟆來。我擔任福建提督學政官職時，山魈有時夜裏在屋瓦上行走，格格作響。但遇到轅門鳴炮，它就倉皇奔逃，不一會便寂然無聲了。」鬼也怕火器的。我在烏魯木齊時，曾經用槍射擊惡鬼，鬼被擊後不能再聚合成形。（詳見《灤陽消夏錄》）大概妖邪和鬼怪也都是陰氣一類吧。

狼性

這是兩個關於狼的故事。前者描述了捕狼的方法和過程，生動有趣，反映了古人與獸患鬥爭的高度智慧。後者則借養狼貽患一事以諷世，暗示世間也有和狼崽那樣「陽為親昵，陰懷不測」的人，提醒人們不要被他們親熱的外表所蒙蔽，忘掉其害人的本性。

滄州一帶海濱煮鹽之地，謂之灶泡①。袤延數百里②，並斥鹵不可耕種③，荒草粘天，略如塞外，故狼多窟穴於其中。捕之者掘地為阱，深數尺，廣三四尺，以板覆其上，中鑿圓孔如盂大，略如枷狀。人蹲阱中，攜犬子或豚子④，擊使嗥叫。狼聞聲而至，必以足探孔中攫之。人即握其足立起，肩以歸。狼隔一板，爪牙無所施其利也。然或遇其羣行，則亦能搏噬⑤。故見人則以喙據地嗥⑥，眾狼畢集，若號令然，亦頗為行客道途患。

【注釋】❶滄州：今河北省滄州市，自古為重要產鹽區。❷袤（mào）延：伸展。袤，南北之長。❸斥鹵（lǔ）：鹽鹼地。❹豚（tún）：豬。❺噬（shì）：咬。❻喙（huì）：嘴。

有富室偶得二小狼，與家犬雜畜，亦與犬相安。稍長，亦頗馴，竟忘其為狼。一日，主人晝寢廳事，聞羣犬嗚嗚作怒聲，驚起周視，無一人。再就枕將寐，犬又如前。乃偽睡以俟，則二狼伺其未覺，將齧其喉，犬阻之不使前也。乃殺而取其革。此事從姪虞惇言。狼子野心①，信不誣哉！然野心不過遁逸耳；陽為親昵，而陰懷不測，更不止於野心矣。獸不足道，此人何取而自貽患耶！

【注釋】❶狼子野心：《左傳》宣公四年：「諺曰：狼子野心。是乃狼也，豈可畜？」意思是豺狼之子，豈可馴養。

【翻譯】

滄州一帶海邊煮製食鹽的地方，叫做灶泡。那地方，南北伸延幾百里，都是鹽鹼地，不能耕種，荒草連天，和塞外景象差不多，所以狼多在這地方打洞居住。捕狼的人在地下掘陷阱，深有幾尺，闊三四尺，用木板蓋在上面，木板中間鑿個缽盂大的圓孔，整塊木板有點像枷的形狀。捕狼人帶着小狗或小豬，蹲到陷阱裏面，擊打小狗或小豬，使牠嗥叫。狼聽見叫聲跑來，必然用前爪伸入孔中抓牠們，捕狼人即緊握住狼爪站起來，扛在肩上回家。狼隔着一塊木板，無法施展牠那鋒利的爪牙。但是，有時遇到成羣的狼行動，這時牠們也能搏鬥咬人。所以狼一見人便用嘴巴抵着地吼叫，眾狼聞聲齊集，有如聽到號令一樣，這也很成為旅客在道途中的禍患。

有個富人偶然得到兩隻小狼，把牠和家犬放在一起飼養，牠也和犬相安無事。小狼稍長大些時，也很溫馴，富人竟忘了這是狼了。一天，主人在廳裏午睡，聽到羣犬發出嗚嗚的怒聲。他驚醒起身，環顧各處，一個人也沒有。他再躺下來，快要入睡時，犬吠聲又像剛才那樣。於是他裝做睡着，等候看有甚麼事發生。而那兩隻狼想乘他不防備，準備要咬他的喉嚨，羣狗正在阻止狼，不讓牠們近前。於是他便將狼殺了，剝取了狼皮。這事是堂姪虞惇講的。「狼子野心」這句話，的確不假呀！但野心不過是不服馴養要逃跑罷了，像這樣表面上與人親熱，而暗中心懷難測的詭計，就更不限於這般野心了。野獸不值得說牠了，但這富人為甚麼要自招這種禍患呢！

西藏異人

現在世界上正掀起尋找「野人」熱。本篇的記述說明了，幾百年前，就已有人在西藏接觸過「野人」。這裏有關於他們身體特點、生活習性、行動特色的詳細描述，是一份可貴的資料。

烏魯木齊遣犯剛朝榮言①：有二人詣西藏貿易②，各乘一騾，山行失路，不辨東西。忽十餘人自懸崖躍下，疑為夾壩（西番以劫盜為夾壩，猶額魯特之瑪哈沁也）。

【注釋】❶遣犯：被流放的犯人。❷詣（yì）：到。

漸近，則長皆七八尺，身毿毿有毛①，或黃或綠，面目似人非人，語啁哳不可辨②。知為妖魅，度必死，皆戰慄伏地。十餘人乃相向而笑，無搏噬之狀，惟挾人於脅下，而驅其騾行。至一山坳，置人於地，二騾一推墮坎中，一抽刃屠割，吹火燔熟，環坐吞啖③。亦提二人就坐，各置肉於前。察其似無惡意，方饑困，亦姑食之。

【注釋】❶毿毿（sān）：毛很長的樣子。❷啁哳（zhāo zhā）：鳥叫聲。❸啖（dàn）：吃。

既飽之後，十餘人皆捫腹仰嘯，聲類馬嘶。中二人仍各挾一人，飛越峻嶺三四重，捷如猿鳥，送至官路旁，各予以一石，瞥然竟去。石巨如瓜，皆綠松也①。攜歸貨之，得價倍於所喪。

【注釋】❶綠松：綠松石，可鑲器物做裝飾品。

事在乙酉、丙戌間①。朝榮曾見其一人，言之甚悉。此未知為山精，為木魅，觀其行事，似非妖物。殆幽巖穹谷之中，自有此一種野人，從古未與世通耳。

卷十五《姑妄聽之》一

【注釋】❶乙酉、丙戌間：清乾隆三十年至三十一年間。

【翻譯】

流放到烏魯木齊的犯人剛朝榮講了這樣一件事：有兩個人到西藏做生意，他們各騎一騾，在山中行進時迷了路，分不清東南西北方向。忽然有十多人從懸崖上躍下，他們懷疑是夾壩（西番稱劫賊為夾壩，猶如額魯特人稱劫賊為瑪哈沁）。那些人漸漸走近，只見他們身高都有七八尺，身上長着長長的毛，毛色或黃或綠，面目似人非人，講話像鳥叫那樣聽不明白。兩人知道這是妖怪，自忖必死無疑，都嚇得伏在地上發抖。這十多人於是相互看着笑笑，並沒有要打人、吃人的樣子，只是把他們兩人挾在脅下，驅趕着騾子往前走。到了一處山坳，他們把人放在地上，將一匹騾子推下山巖，另一匹，則抽出刀來宰了割肉，吹起火來把肉燒熟，圍在一起吞食。同時，還把兩人提過來就座，各人面前分別放上肉。兩人觀察這些怪物似無惡意，同時又餓又累，也只好吃了。

吃飽之後，那十多人都摸着肚子，仰頭發出嘯聲，聲音好像馬嘶。其中兩人仍然各挾着一人，飛越峻峭山嶺三四座，快捷得像猿猴和飛鳥。把兩人送到大路旁，給了每人一塊石頭，一眨眼就走了。那石頭有瓜那麼大，都是綠松石。他們帶回去賣了，所得的售價比丟掉的東西的價值多一倍。

這事發生在乾隆三十年和三十一年之間。剛朝榮曾見過其中一人，講得很詳盡。這些怪物不知道是山精還是木魅，看他們的行為，似乎不是妖怪。大概是深遠偏僻的山谷中，本來就有這麼一種野人，自古以來從未和世人往來過罷了。

李生恨事

這是一篇情節起伏跌宕、曲折離奇的故事。作者以簡淡精煉的文字，把故事敍述得頭緒清晰，層次分明。《閱微草堂筆記》中多是沒有故事情節的短篇，這篇獨以情節勝，是很突出的。

太白詩曰①：「徘徊映歌扇，似月雲中見；相見不相親，不如不相見。」此為冶遊言也②。人家夫婦有暌離阻隔而日日相見者③，則不知是何因果矣。

【注釋】❶太白：唐代大詩人李白，字太白。❷冶遊：與歌伎來往。❸暌（kuí）：隔離。

郭石洲言：中州有李生者①，娶婦旬餘而母病，夫婦更番守侍，衣不解結者七八月。母歿後，謹守禮法，三載不內宿。後貧甚，同依外家。外家亦僅僅溫飽，屋宇無多，掃一室留居。未匝月，外姑之弟遠就館②，送母來依姊。無室可容，乃以母與女共一室，而李生別榻書齋，僅早晚同案食耳。

【注釋】❶中州：今河南省地區。❷外姑：岳母。就館：到人家的家塾當教師。

閱兩載，李生入京規進取①，外舅亦攜家就幕江西②。後得信，云婦已卒。李生意氣懊喪，益落拓不自存，仍附舟南下覓外舅。外舅已別易主人，隨往他所。無所棲托，姑賣字糊口。

【注釋】❶規：謀劃。❷外舅：岳父。就幕：到衙門裏去當幕僚。

一日，市中遇雄偉丈夫，取視其字曰：「君書大好，能一歲三四十金，為人書記乎？」李生喜出望外，即同登舟。煙水渺茫，不知何處。至家，供張亦甚盛①。及觀所屬筆札，則綠林豪客也②。無可如何，姑且依止。慮有後患，因詭易里籍姓名。

【注釋】❶供張：陳設佈置。❷綠林豪客：對強盜的雅稱。

主人性豪侈，聲伎滿前，不甚避客。每張樂①，必召李生。偶見一姬，酷肖其婦，疑為鬼。姬亦時時目李生，似曾相識，然彼此不敢通一語。蓋其外舅江行，適為此盜所劫，見婦有姿首②，並掠以去。外舅以為大辱，急市薄櫘③，詭言女中傷死，偽為哭殮，載以歸。婦憚死失身，已充盜後房④，故於是相遇。然李生信婦已死，婦又不知李生改姓名，疑為貌似，故兩相失。大抵三五日必一見，見慣亦不復相目矣。如是六七年。

【注釋】❶張樂：奏樂。❷姿首：美麗的容貌。❸櫘（huì）：棺材。❹後房：姬妾所居之處，也用為姬妾的代稱。

一日，主人呼李生曰：「吾事且敗，君文士，不必與此難。此黃金五十兩，君可懷之，藏某處叢荻間，候兵退，速覓漁舟返。此地人皆識君，不慮其不相送也。」語訖，揮手使急去伏匿。未幾，聞哄然格鬥聲。既而聞傳呼曰：「盜已全隊揚帆去，且籍其金帛婦女①。」時已曛黑，火光中窺見諸樂伎皆披髮肉袒②，反接繫頸③，以鞭杖驅之行，此姬亦在其內，驚怖戰慄，使人心惻。

【注釋】❶籍：登記。❷肉袒（tǎn）：去掉衣服，裸露身體。❸反接：手綁在背後。

明日，島上無一人，癡立水次。良久，忽一人掉小舟呼曰：「某先生耶？大王故無恙，且送先生返。」行一日夜，至岸。懼遺物色①，乃懷金北歸。至則外舅已先返。仍在其家，貨所攜，漸豐裕。念夫婦至相愛，而結褵十載②，始終無一月共枕席。今物力稍充，不忍終以薄櫬葬，擬易佳木，且欲一睹其遺骨，亦夙昔之情。外舅力沮不能止，詞窮吐實。急兼程至豫章③，冀合樂昌之鏡④。則所俘樂伎，分賞已久，不知流落何所矣。每回憶六七年中，咫尺千里，輒惘然如失。又回憶被俘時，縲絏鞭笞之狀，不知以後摧折，更復若何，又輒腸斷也。從此不娶，聞後竟為僧。

【注釋】❶物色：形貌。這裏是指按照形貌查訪緝拿。❷結褵（lí）：褵是古代女子出嫁時所用的佩巾。結褵代指結婚。❸豫章：江西南昌的別稱。❹樂昌之鏡：即俗稱「破鏡重圓」的故事。孟棨《本事詩》記載：南朝陳將亡時，駙馬徐德言預料妻子樂昌公主將被搶走，於是將一枚銅鏡打破，與妻子各執一半，約定作為他日重見時的憑證。陳亡，樂昌公主為隋楊素佔有。後徐德言至京城，遇人賣鏡，取與己藏之半相合，感而題詩。公主見詩悲泣。楊素知道後，遂使公主與德言團圓。後世便以破鏡重圓比喻夫妻失散或離婚後重又團聚。

卷十五《姑妄聽之》一

戈芥舟前輩曰：「此事竟可作傳奇，惜末無結束，與《桃花扇》相等①。雖曲終不見，江上峯青②，綿邈含情，正在煙波不盡，究未免增人怊悵耳③。」

【注釋】❶《桃花扇》：傳奇劇本，清代孔尚任作。劇中的男女主人公被安排以入山修道作結，以後的事就不記載了。所以這裏說它「無結束」。❷「曲終」二句：「曲終人不見，江上數峯青」，是唐代詩人錢起《省試湘靈鼓瑟》詩中的句子。❸怊（chāo）悵：悲傷失意的樣子。

【翻譯】

李白詩：「徘徊映歌扇，似月雲中見；相見不相親，不如不相見。」這是為與歌伎交往的人寫的。人家夫婦有長期分離阻隔，可又天天見面的，那就不知道是甚麼因果報應造成的了。

郭石洲講了這樣一件事：河南有個姓李的書生，娶親十多天，母親就病倒了。夫婦倆輪番守候侍奉，七八個月來衣不解帶；母親死後，李生謹守禮法，三年不到臥室和妻子同房。後來，他們變得十分貧困，李生便同妻子一起投靠到岳父家。岳父家也僅僅能過溫飽日子，房子不多，便打掃了一間居室留他們住下。不到一個月，岳母的弟弟要到遠地當教師，把他母親送來依靠姊姊。岳父家已經沒有空房讓她住了，於是只好讓她和女兒同住一室，而李生則另設牀鋪在書房睡，夫婦倆僅早晚同桌吃飯時在一起罷了。

過了兩年，李生進京謀進取，岳父也帶了全家，到江西去做幕僚。後來李生接到信，說是妻子已經死了。他心情懊喪，更加潦倒，無法維持生活，於是搭船南下找岳父，而岳父這時已換了主人，隨新主人到別處去了。李生沒了依靠，便暫且賣字維持生活。

一天，在市上遇到一位身材雄偉的男子，那男子拿起他寫的字看了看道：「先生的書法十分好，能不能以一年三四十兩銀子的待遇，為人家做文書工作呢？」李生喜出望外，即與那人一同上船。路上煙靄水波，浩蕩渺茫，也不知到了甚麼地方。到那人家裏，看見一切陳設佈置都很華麗。及至看到他所委託寫的書信，才知道這人原來是個綠林豪客。李生無可奈何，也只好在此暫且棲身。但李生怕有後患，因此假造了籍貫和姓名。

主人性愛奢侈，歌伎排滿座前，也不大回避客人。每逢演奏歌樂，必叫李生觀賞。李生偶見主人的一個姬妾，極像自己的妻子，懷疑她是鬼。那姬妾也常常注視李生，好像曾經認識。但彼此都不敢交談一句。原來當初李生的岳父坐船沿江行駛，剛巧被這強盜所劫，強盜見李生妻子貌美，便一同劫了去。岳父認為這是很大的恥辱，急忙買了一口薄板棺材，詐稱女兒遇劫時受傷而死，假作哭喪殯殮，載着棺材回家。李生妻子因怕死已委身做了強盜的妾，所以夫婦倆在這裏相遇。但李生相信妻子已死，妻子又不知李生改換了姓名，猜想只是容貌相似，所以兩人都錯過了相認的機會。他倆大約三五天必能見一次，見慣了也就不再互相注視了。

這樣過了六七年。一天，主人把李生叫去，説道：「我的事將要失敗，先生是文士，不必和我一起蒙受這災難。這裏有黃金五十兩，你可以帶上它，藏在某處蘆葦叢裏。等官兵退了，趕快找條漁船回家。這裏的人都認識你，不用擔心他們不相送。」説罷，揮手叫李生趕快藏匿起來。不久，李生聽到喧鬧的格鬥聲，隨後聽見有人大聲説道：「強盜已全隊駕船揚帆走了，暫且登記他們的財物和婦女。」這時已是黃昏，李生從火光中窺見一班歌伎都披頭散髮、衣衫不整地露出身體，反綁雙手和拴住脖子，被人用鞭子棍棒趕着走，那個姬妾也在裏邊，她驚懼發抖，讓人見了心裏十分同情。

第二天，島上已經沒有一個人了，李生癡癡地站在水邊。過了很久，忽然有個人划着小船喊道：「你是某先生嗎？大王依然平安無事，現在且送先生回家。」船走了一天一夜到岸。李生怕遭到查訪，便帶着金子回到北方。到家後，岳父已先回來了。李生仍住在他家，將所帶的黃金賣掉，家境漸漸富裕了。他想到過去夫婦十分相愛，但是結婚十年，同房共宿的日子算起來也不夠一個月，現在財富稍多，不忍心還是用薄棺木葬妻子，便打算換一副好棺木，並且也想見見她的遺骨，這也是往日的情義。岳父極力阻止無效，無話可說了，只得吐露真相。李生於是日夜兼程趕往南昌，希望能和妻子破鏡重圓。到了南昌後，才知道所俘的歌伎早已分別賞賜給別人，也不知她流落到甚麼地方去了。

李生每逢回憶起這六七年裏的事，和妻子近在咫尺卻猶如相隔千里，便悵惘得像失落了甚麼似的。他又回憶起妻子被俘時，受捆綁鞭打的情形，不知她後來遭到的摧殘更會怎樣，又常常心傷腸斷。李生從此不再娶妻，聽說後來竟做了和尚。

戈芥舟前輩說：「這事簡直可寫成傳奇故事，可惜沒有結尾，和《桃花扇》劇本相同。雖說是『曲終不見，江上峯青』，含情悠遠，恰在那煙靄水波不盡之處，但終究不免令人增添惆悵罷了。」

講學者的假面

教書先生有着正直不苟的名聲，在行動上又時時用禮法來管束學生，道貌岸然。不料骨子裏卻完全相反。「外有餘必中不足」，是很恰當的評價。

董曲江前輩言：有講學者①，性乖僻，好以苛禮繩生徒②。生徒苦之。然其人頗負端方名，不能詆其非也。

【注釋】❶講學者：講求道學的人。但這人又是個教書先生。❷繩：約束。

塾後有小圃，一夕，散步月下，見花間隱隱有人影。時積雨初晴，土垣微圮①，疑為鄰里竊蔬者。迫而詰之，則一麗人匿樹後，跪答曰：「身是狐女，畏公正人不敢近，故夜來折花。不虞為公所見，乞曲恕。」言詞柔婉，顧盼間百媚俱生。講學者惑之，挑與語。宛轉相就，且云：妾能隱形，往來無跡，即有人在側亦不睹，不至為生徒知也。因相燕昵。比天欲曉，講學者促之行。曰：「外有人聲，我自能從窗隙去，公無慮。」

【注釋】❶ 圮（pǐ）：坍塌。

俄曉日滿窗，執經者麕至①，女仍垂帳偃臥。講學者心搖搖，然尚冀人不見。忽外言某媼來迓女。女披衣徑出，坐皋比上②，理鬢訖，斂衽謝曰：「未攜妝具，且歸梳沐。暇日再來訪，索昨夕纏頭錦耳③。」乃里中新來角妓④，諸生徒賄使為此也。講學者大沮，生徒課畢歸早餐，已自負衣裝遁矣。外有餘必中不足，豈不信乎！

【注釋】❶執經者：這裏指學生。麕（qūn）：成羣。❷皋比（gāo pí）：本指虎皮。宋代哲學家張載坐在虎皮椅上講課，後世遂稱講席為皋比。❸纏頭錦：古代歌舞藝人表演時以錦纏頭，客人以羅錦為贈，稱為纏頭。後來又以此作為對妓女酬贈財物的代稱。❹角妓：善歌舞能演劇的妓女。

【翻譯】

董曲江前輩講了這樣一件事：有位教書先生，性情乖僻，喜歡用苛刻的禮法來約束學生。學生們對此很反感。但這人很有正直不苟的名聲，人們無法指責他做得不對。

書塾後面有個小花圃，一夜，教書先生在月下散步，見花間隱隱約約有人影。這時久雨初晴，土牆微有塌缺，他懷疑是鄰居來偷蔬菜的。近前去查問，卻是一美貌女子藏身樹後，她跪下答道：「我是狐女，懼怕先生是正人君子，不敢接近，所以才夜裏來摘花。不料被先生發現，請多多原諒。」言詞溫柔婉轉，左顧右盼之時，流露出千嬌百媚。教書先生被她迷住了，用話挑逗她，她婉轉相就。並且說自己能夠隱身，往來都沒有蹤跡，即使有人在旁邊也看不見，不會被學生們知道的。於是二人便親熱做愛。到天將亮時，教書先生催她走，她說道：「外面有人聲，但我自會從窗縫中出去，先生不必擔心。」

不久，早晨的太陽照滿窗戶，學生們成羣來到，那女人仍然在垂下的帳子裏仰臥。教書先生心神不安，但還希望人們看不見。忽然外邊傳話說某老太太來接女兒。那女人披上衣衫徑直出來，坐在講席上，梳理完頭髮後，向教書先生行禮告辭說：「沒有帶上梳妝的用具，現在且先回去梳洗，等空閒時再來拜訪，索取昨夜的報酬。」原來她是鄉中新來的角妓，是學生們出錢買通她這樣做的。教書先生十分沮喪。學生們上完課回家吃早飯時，教書先生已經自行背上行李溜走了。凡是外表裝得過分的人，必定內裏有所欠缺，的確是這樣的啊！

復仇

在封建社會裏，勞動人民遭受官紳的殘酷壓迫，有冤難訴。他們既不能指望得到法律的保護，惟有採用非常的手段報仇雪恨，這是理所當然的。作者告誡那些做盡壞事的惡人：逃得過人禍，也逃不過天刑。雖陷於迷信，但對正義的復仇行動卻是給予肯定的。

周景垣前輩言：有巨室眷屬，連艫之任①，晚泊大江中。俄一大艦來同泊，門燈檣幟，亦官舫也。日欲沒時，艙中二十餘人露刃躍過，盡驅婦女出艙外。有靚妝女子隔窗指一少婦曰②：「此即是矣。」羣盜應聲曳之去。一盜大呼曰：

「我即爾家某婢父。爾女酷虐我女，鞭捶炮烙無人理③。幸逃出遇我，爾追捕未獲。銜冤次骨，今來復仇也。」言訖，揚帆順流去，斯須滅影。緝尋無跡，女竟不知其所終，然情狀可想矣。夫貧至鬻女，豈復有所能為？而不慮其能為盜也。婢受慘毒，豈復能報？而不慮其父能為盜也。此所謂蜂蠆有毒歟④！

【注釋】❶艫（lú）：船頭。借指為船。之：去。❷靚（jìng）妝：豔麗的裝飾。❸炮烙（páo luò）：古代一種酷刑，用燒紅的金屬炙燙人體。❹蜂蠆（chài）有毒：蠆是蠍子一類的毒蟲，意謂物雖小而能為害於人。

又李受公言：有御婢殘忍者，偶以小過閉空房，凍餓死，然無傷痕。其父訟不得直，反受笞。冤憤莫釋，夜逾垣入，併其母女手刃之。海捕多年①，竟終漏網。是不為盜亦能報矣。又言京師某家火，夫婦子女併焚，亦羣婢怨毒之所為。事無顯證，遂無可追求。是不必有父亦能自報矣。

【注釋】❶海捕：官府發出公文追捕在逃人犯。

余有親串，鞭笞婢妾，嬉笑如兒戲，間有死者。一夕，有黑氣如車輪，自簷墮下，旋轉如風，啾啾然有聲，直入內室而隱。次日，疽發於項如粟顆，漸以四潰，首斷如斬。是人所不能報，鬼亦報之矣。人之愛子，誰不如我？其強者銜冤茹痛，鬱結莫申，一決橫流，勢所必至。其弱者橫遭荼毒①，齎恨黃泉②，哀感三靈③，豈無神理！不有人禍，必有天刑，固亦理之自然耳。

卷十七《姑妄聽之》三

【注釋】❶荼毒：殘害。❷齎（jī）：懷抱着。黃泉：人死後埋葬的墓穴。亦以指陰間。❸三靈：指天、地、人。

【翻譯】

周景垣前輩講了這樣一件事：有個大官的家眷，乘了幾條船到任所去。晚上，船停泊在大江中。不久，一艘大船前來同泊在一起，船艙門掛着燈籠，桅杆上飄着旗幟，看樣子也是一條官船。太陽將落時，艙中二十多人一齊露出兵器，跳上官眷的船，把婦女盡數趕出艙外。有個豔妝女子隔着船窗指着個少婦說：「這人就是了。」羣盜應聲把少婦拖走。其中一個賊大叫道：「我就是你家某婢女的父親。你的女兒殘酷地虐待我女，毫無人性地對她鞭打、炮烙。幸虧她逃出來遇到我，你要追捕而沒能抓到她。我們父女銜冤入骨，今天特來報仇雪恨。」說完，張滿船帆順流而去，不一會便連影兒也不見了。官家到處緝拿，毫無蹤跡，那少婦的結局如何終究不得知了，但那情形的不妙是可想而知的。按理說，父親貧困到要賣女兒，哪還能有甚麼作為？卻沒想到他能做強盜呀！婢女受到慘毒折磨，哪還能夠報復，卻不料她的父親能做強盜呀！這正如人們所說的，蜂蠆雖小，卻是有毒的呢！

另外，李受公講了這樣一件事：有個對待婢女非常殘忍的人，偶然因一點小過失便把婢女禁閉在空房內，讓她凍餓致死，但沒有一點傷痕。婢女的父親向官府控告，沒有得到公正判決，反而挨了鞭打。他冤憤難消，便在夜裏翻牆進入那人家，將她們母女一起親手殺掉。官府發出公文通緝多年，終於被他漏網。那麼，不做強盜也能報仇了。

李受公又講起另一件事：京城裏某戶人家失火，主人夫婦和子女都燒死了，這也是婢女們出於怨恨做出來的。因為事情沒有明顯的證據，也就無從追究了。那麼，不必有父親的幫助也能夠自己報仇了。

我有家親戚，他鞭打婢女和侍妾，就像兒童嬉戲玩耍似的，間中有被他打死的。一夜，有車輪般大的一團黑氣，從屋簷上墮下，它旋轉得像風一樣，發出啾啾的響聲，直入裏屋便不見了。第二天，這位親戚脖子上長了粟粒樣的毒瘡，毒瘡漸漸地向四周潰爛，最後脖子爛斷，像被刀斬過一樣。那麼，人所不能報的仇，鬼也能報了。其實，人們疼愛他的孩子，哪個不和自己一樣？剛強的人銜冤忍痛，鬱結在心中無處申訴，一旦它衝破堤壩氾濫起來，就必然會做出尋釁復仇那樣的事。而有些軟弱的人，橫遭殘害，含恨於黃土之下，他的哀痛感動了三靈，又怎會沒有天理的報應！害人者不遭到人們的報復，就必定會受到上天的懲罰，這也是合乎情理的呀。

遊僧賣藥

遊僧賣藥的方法似乎很神妙，揭穿之後，不過是那麼一回事。至於道學家天天講求正心誠意之學，但卻言行不符。紀昀十分反對道學家的空談和虛偽，所以《閱微草堂筆記》中常常有這類諷刺他們的故事。

河間有遊僧，賣藥於市。以一銅佛置案上，而盤貯藥丸，佛作引手取物狀。有買者，先禱於佛，而捧盤進之。病可治者，則丸躍入佛手；其難治者，則丸不躍。舉國信之。後有人於所寓寺內，見其閉户研鐵屑。乃悟其盤中之丸，必半有鐵屑，半無鐵屑；其佛手必磁石為之，而裝金於外。驗之信然，其術乃敗。會有講學者，陰作訟牒，為人所訐①。到官昂然不介意，侃侃而爭。取所批《性理大全》核對②，筆跡皆相符，乃叩額伏罪。太守徐公，諱景曾，通儒也，聞之笑曰：「吾平生信佛不信僧，信聖賢不通道學。今日觀之，灼然不謬。」

卷十七《姑妄聽之》三

【注釋】❶訐（jié）：揭發。❷《性理大全》：明代胡廣編，收錄宋代哲學家論說的書。

【翻譯】

河間縣有個遊方僧人，在市上賣藥。他把一尊銅佛像放在桌上，而用盤子盛着藥丸。銅佛作伸手取物之狀。遇有買藥的人，遊僧先讓他向佛像祈禱，然後捧着盤子向佛像遞過去。如果病是可以治的，那麼藥丸便跳進佛像手中；如果病是難以治好的，那麼藥丸便不跳過去。全縣的人都相信那遊僧的法力。後來有人在這遊僧所住的寺廟內，見他關起門來搗製鐵粉，於是才醒悟他那盤子裏的藥丸，必定有一半是含有鐵粉的，一半是不含鐵粉的；那佛像的手必定是用磁石做成，而包金箔在外面。人們檢驗那佛像和藥丸，果然是這樣，這才揭穿了那遊僧的伎倆。

其時剛好有個講求道學的人，暗地裏替人寫打官司的訴狀，被人揭發。他被傳喚到官府時，昂昂然全不在意，滔滔不絕地為自己辯護。官府取他所批寫的《性理大全》這本書核對筆跡，發現筆跡都與訴狀相符，他才叩頭認罪。太守徐公，名叫景曾，是位博通古今、學識淵博的儒者，聽了這事笑道：「我平生信佛不信僧人，信聖賢不通道學家。現在看來，我的見解是明白透徹而沒有錯的。」

京師騙術

作為京城，它的居民來自四面八方，良莠不齊，自是客觀存在的事實。本篇詳述種種作偽方法，反映了當時的社會現實和風氣。

人情狙詐①，無過於京師。余常買羅小華墨十六鋌②，漆匣黯敝，真舊物也。試之，乃摶泥而染以黑色③，其上白霜，亦盦於濕地所生④。又丁卯鄉試⑤，在小寓買燭，爇之不燃。乃泥質而冪以羊脂⑥。又燈下有唱賣爐鴨者，從兄萬周買之。乃盡食其肉，而完其全骨，內傅以泥，外糊以紙，染為炙煿之色⑦，塗以油，惟兩掌頭頸為真。又奴子趙平以二千錢買得皮鞾⑧，甚自喜。一日驟雨，着以出，徒跣而歸⑨。蓋鞦則烏油高麗紙揉作皺紋⑩，底則糊粘敗絮，緣之以布。其他作偽多類此，然猶小物也。

【注釋】❶狙（jū）詐：狡猾奸詐。❷羅小華墨：明代製墨家羅小華，名龍文，所造的墨中摻有金、玉、珍珠等，以示貴重。鋌（dìng）：錠的本字。❸摶（tuán）：把散碎的東西捏聚成團。❹盦（ān）：同「庵」。放置、覆蓋之意，這裏當埋藏講。❺丁卯：此指乾隆十二年。❻冪（mì）：罩。❼炙爆（bó）：燒烤。❽鞾（xuē）：同「靴」。❾徒跣（xiǎn）：光着腳。❿鞦（yào）：靴筒。

有選人見對門少婦甚端麗，問之，乃其夫遊幕，寄家於京師，與母同居。越數月，忽白紙糊門，闔家號哭，則其夫訃音至矣。設位祭奠，誦經追薦①，亦頗有弔者。既而漸鬻衣物，云乏食，且議嫁。選人因贅其家。又數月，突其夫生還，始知為誤傳凶問。夫怒甚，將訟官。母女哀籲，乃盡留其囊篋，驅選人出。越半載，選人在巡城御史處，見此婦對簿②。則先歸者乃婦所歡，合謀挾取選人財，後其夫真歸而敗也。黎丘之技③，不愈出愈奇乎！

【注釋】❶追薦：迷信行為，誦經拜懺以超度死者。❷對簿：受審。❸黎丘之技：《呂氏春秋・疑似》記載的寓言：黎丘地方一老人，醉酒回家。路上，被偽裝其子的鬼所騙；以後老人帶劍出門，醉歸，其子來迎接，老人以為又是鬼所變，殺了兒子。

又西城有一宅，約四五十楹①，月租二十餘金。有一人住半載餘，恆先期納租，因不過問。一日，忽閉門去，不告主人。主人往視，則縱橫瓦礫，無復寸椽，惟前後臨街屋僅在。蓋是宅前後有門，居者於後門設木肆，販鬻屋材，而陰拆宅內之樑柱門窗，間雜賣之。各居一巷，故人不能覺。累棟連甍，搬運無跡，尤神乎技矣。然是五六事，或以取賤值，或以取便易，因貪受餌，其咎亦不盡在人。錢文敏公曰：「與京師人作緣，斤斤自守，不入陷阱已幸矣。稍見便宜，必藏機械，神奸巨蠹②，百怪千奇，豈有便宜到我輩。」誠哉是言也。

卷十七《姑妄聽之》三

【注釋】❶楹（yíng）：房屋的柱子，也代作量詞用，一所房子稱一楹。❷神奸巨蠹（dù）：老奸巨猾。

【翻譯】

人情的奸猾狡詐，沒有超過京師的了。我曾買羅小華製作的墨十六錠，裝墨的漆匣子顏色黯淡破舊，真像是先代遺留下來的物件。試用那墨錠，卻是用泥捏成而染上黑色，那上面的白霜，也是埋置於濕地下所生成的。又丁卯年參加鄉試，我在小寓所買蠟燭，點火不燃，原來是用泥做成而外面罩上羊脂。又有人在燈光下叫賣爐鴨的，我堂兄萬周買了回來。原來是賣家將鴨肉全取下吃了，保全下全副鴨骨架子，在它內部塗上泥巴，外面糊上紙，染成燒烤的顏色，再塗上油，只有兩隻鴨掌和頭頸是真的。又一件事是僕人趙平用二千文錢買了雙皮靴，自己十分高興。一天驟然下雨，他穿了靴子出門，卻打着赤腳回家。原來那靴筒子是用烏油高麗紙揉成皺紋，靴底則用糨糊粘上破棉絮，在邊緣上蒙上布做成的。其他偽冒的方法大多和這些相同，但還只是偽造些小東西。

有位候選官員見對門的少婦很端莊秀麗，向她一打聽，原來她丈夫在外地做幕僚，把家庭寄居於京師，她和母親同住。過了幾個月，少婦家忽然用白紙糊門，全家哭喊，原來是她丈夫的訃告送到了。她們設立靈位祭奠，請和尚念經超度亡魂，也很有些人前來弔祭。不久她們就漸漸變賣衣物，說是沒吃的了，並且在商量着少婦要改嫁。候選官員於是入贅到她家。又過了幾個月，她的丈夫突然活着回家，這才知道是誤傳了凶訊。她的丈夫十分憤怒，將要告官。她母女苦苦哀求，於是丈夫將候選官員的箱囊行李全部留下，把人驅逐出門。過了半年，候選官員在巡城御史處，看見那少婦在受審。原來先回家的那人是少婦的情人，兩人合謀要脅奪走候選官員的財物，以後她的丈夫真的歸來而致敗露了。黎丘之鬼的伎倆，真是愈出愈奇了！

又西城有一住宅，約有四五十間房子，每月租金二十多兩。有個人住了半年多，時常先期交納租金，因此主人沒有過問。一天，租客忽然關門走了，沒有告知主人。主人前往看視，只見宅內瓦礫縱橫，連一根柱子都沒有了，只有一前一後臨街的屋子僅存。原來這所住宅前後有門，租客在後門開設一間賣木料的店鋪，販賣建築木材，而暗中拆掉宅內的梁、柱、門窗，摻雜其中出賣。

前門和後門分別在不同的巷子裏，所以人們無法覺察。層層相連的梁和柱，被搬走而不露痕跡，更是神乎其技了。但這五六件事，或是因為價錢賤，或是圖方便，因貪心而上鉤的，其過錯也不盡在別人。

錢文敏公說：「同京師的人打交道，能夠謹慎自守，不墮入陷阱已是萬幸的了；如果稍有便宜，其中必定暗藏奸詐。老奸巨猾的人，手段千奇百怪，哪有便宜落到我們身上。」這話的確不錯。

盜女破盜

強盜頭子的女兒能夠擊敗來行劫的強盜，是因為她熟悉他們的作案手法和行動規律。而整個破盜行動的佈置，周密妥當，進退適宜，尤其顯出她的指揮才能。

馬德重言：滄州城南，盜劫一富室，已破扉入，主人夫婦併被執，眾莫敢誰何①。有妾居東廂，變服逃匿廚下，私語灶婢曰：「主人在盜手，是不敢與鬥。渠輩屋脊各有人，以防救應，然不能見簷下。汝挾後窗循簷出，密告諸僕：各乘馬執械，四面伏三五里外。盜四更後必出，四更不出，則天曉不能歸巢也。出必挾主人送，苟無人阻，則行一二里必釋，不釋恐見其去向也。俟其釋主人，急負還而相率隨其後，相去務在半里內。彼如返鬥即奔還，彼止亦止，彼行又隨行。再返鬥仍奔，再止仍止，再行仍隨行。如此數四，彼不返鬥則隨之得其巢，彼返鬥則既不得戰，又不得遁，逮至天明，無一人得脫矣。」婢冒死出告，眾以為中理，如其言，果併就擒。重賞灶婢。

【注釋】❶莫敢誰何：不敢詰問是誰。

妾與嫡故不甚協①，至是亦相睦。後問妾何以辨此？泫然曰②：「吾故盜魁某甲女。父在時，嘗言行劫所畏惟此法，然未見有用之者。今事急姑試，竟僥倖驗也。」故曰，用兵者務得敵之情。又曰，以賊攻賊。

卷十八《姑妄聽之》四

【注釋】❶嫡：這裏指富戶的正房夫人。協：和睦。❷泫（xuàn）然：傷心流淚的樣子。

【翻譯】

馬德重講了這樣一件事：在滄州城南，有強盜搶劫一戶有錢人家，已破門入內，主人夫婦都被抓住，家中眾人都不敢詰問是些甚麼人。富人有個侍妾住在東廂房，她改換了服裝，逃避到廚房裏，偷偷對廚房婢女說：「現在主人在強盜手裏，因此我們不敢和他們搏鬥。他們一夥在屋脊上都佈置了人，以防救兵，但他們是看不到簷下地方的。你弄開後窗沿着簷下出去，秘密通知所有僕人，讓他們各人乘馬拿着器械，到三五里外地方埋伏。強盜四更後必定出去，因為四更不走，那麼天亮時就不能返回賊窩了。他們出去時，必定挾持主人相送，如果沒人阻攔，那麼，走出一兩里後他們必定釋放主人，不釋放就怕人家看到他們的去向。等他們釋放主人時，你們迅速將主人背回來，其餘的人依次跟在強盜後面，距離務必保持在半里之內。他們如果回身搏鬥，你們就往回跑，他們停下你們也停下，他們走你們又跟着走。他們再回身打鬥，你們仍舊往回跑，他們再停下你們也再停下，再走你們也跟着走。這樣重複幾次，他們不回身打鬥了，就跟着他們直至找到賊窩。他們回身打鬥既打不成，想跑又跑不掉，到天明，就沒有一個人能逃脫了。」婢女冒着生命危險出去告訴各僕人。僕人們認為這個辦法合理，照着去做，強盜果然都被抓到了。事後主人重賞了那廚房婢女。

那侍妾同富人的正房妻子本不很和睦，這時也和好了。後來，富人問侍妾為甚麼懂得捉賊的辦法。侍妾流着淚說：「我本是賊首某甲的女兒。父親在世時，曾講過打劫時最怕的只有這種對付辦法，但未曾見有人用過。現在事情危急，我姑且試用，竟能僥倖應驗。」所以說，指揮軍事的人務必要了解敵情。又說，要用賊的辦法來對付賊。

俠妓

饑荒發生的時候，富人有錢有糧，卻不顧人們死活，想借機發財；被看作賤民的妓女，卻有一副俠義心腸，要解救苦難的饑民。富者卑污，「賤」者高尚，形成強烈的對照。最後富翁受愚弄，災民得救，實在是大快人心的事。

張太守墨谷言：德、景間有富室①，恆積穀而不積金，防劫盜也。

【注釋】❶德、景：德州（今山東省德州市）、景州（今河北省景縣）。

康熙、雍正間，歲頻歉，米價昂。閉廩不肯糶升合①，冀價再增。鄉人病

之，而無如何。有角妓號玉面狐者曰：「是易與，第備錢以待可耳。」乃自詣其家曰：「我為鴇母搖錢樹②，鴇母顧虐我，昨與勃谿③，約我以千金自贖。我亦厭倦風塵，願得一忠厚長者托終身，念無如公者。公能捐千金，則終身執巾櫛④。聞公不喜積金，即錢二千貫亦足抵⑤。昨有木商聞此事，已回天津取資。計其到，當在半月外。我不願隨此庸奴。公能於十日內先定，則受德多矣。」

【注釋】❶糶（tiào）：賣糧食。升合：容量單位，十合為一升。❷鴇（bǎo）母：妓女的養母。❸勃谿（xī）：爭吵。❹巾櫛：手巾和梳、篦。執巾櫛意謂做妾伺候丈夫。❺貫：舊時貨幣單位，一貫為銅錢一千文。

張故惑此妓，聞之驚喜，急出穀賤售。廩已開，買者坌至①，不能復閉，遂空其所積，米價大平。穀盡之日，妓遣謝富室曰：「鴇母養我久，一時負氣相詬，致有是議。今悔過挽留，義不可負心。所言姑俟諸異日。」富室原與私約，無媒無證，無一錢聘定，竟無如何也。

【注釋】❶ 坌（bèn）：一齊聚集。

此事李露園亦言之，當非虛謬。聞此妓年甫十六七，遽能辦此，亦女俠哉！

卷十八《姑妄聽之》四

【翻譯】

張墨谷太守講了這樣一件事：德州、景州之間有個富戶，總是積聚糧食而不積蓄金銀，為的是防搶劫。

康熙、雍正年間，一連幾年收成不好，米價高漲。但富戶緊閉糧倉，一升一合都不賣，希望糧價再增高。當地人怨恨他這做法，但又奈何他不得。有一位角妓叫做玉面狐的對大家說：「這事好對付，你們只管備好錢等着就行了。」於是她親自到富戶家去，對富翁說：「我是鴇母的搖錢樹，鴇母反而虐待我。昨天我和她吵起來，她約定我拿出一千兩銀子自行贖身出去。我也厭倦了煙花生涯，願得到一位忠厚長者來託付終身，考慮到沒有誰比老爺您更合適的了。您能捨棄一千兩銀子，那麼我就終身侍奉您。聽說老爺不喜歡積蓄銀兩，那麼只要二千貫錢也足抵那個數了。昨天有個木材商人聽到這事，已返回天津去取錢。預計他回來的時間，要在半個月以外。我不願意跟隨那個庸俗傢伙。如果老爺能在十天內先把這事定下來，那麼我就領您的大恩德了。」

姓張的富翁早就迷上這個妓女，聽後又驚又喜，趕忙拿出糧食賤賣。糧倉已經打開，買糧的人一齊聚集起來，此時糧倉不能再關閉，存糧於是被買一空，市上糧價大平。當存糧賣盡那天，妓女派人向富戶道歉說：「鴇母養育我多年，只是一時賭氣相罵，才有要我自行贖身的約定。現在她後悔過錯，挽留了我，從道理上說我不可以負心。託付終身的話且待日後再說吧。」這本是富戶和妓女私下約定的事情，沒有媒人，沒有旁證，又沒有下過一文錢的聘禮，富戶竟拿她沒有辦法。

這件事李露園也曾談過，應當不會假的。聽說這個妓女才十六七歲，竟然能辦理這樣的事，也算得是女俠了！

交河吏

清代地方政權中，幕僚（即俗稱師爺）、吏胥、家丁這三種人為患極大。他們熟悉法律，手中有點權力和關係，老練狡猾，善鑽空子，於是貪贓枉法，欺壓善良，覆雨翻雲，無惡不作，交河吏便是個典型的例子。鄉民妻子能機智地用計耍弄縣吏，解救丈夫，真是大快人心的事。

王梅序言：交河有為盜誣引者①，鄉民樸願，無以自明，以賂求援於縣吏。吏聞盜之誣引，由私調其婦，致為所毆，意其婦必美，卻賂而微示以意曰：「此事秘密，須其婦潛身自來，乃可授方略。」居間者以告鄉民②。鄉民憚死失志③，

呼婦母至獄，私語以故。母告婦，咈然不應也④。

【注釋】❶交河：今河北省交河縣。誣引：在口供中誣陷牽連別人。❷居間者：為雙方調解的人。❸失志：欠考慮。❹咈（fú）然：生氣的樣子。

越兩三日，吏家有人夜叩門。啟視，則一丐婦，布帕裹首，衣百結破衫①，闖然入。問之不答，且行且解衫與帕，則鮮妝華服豔婦也。驚問所自，紅潮暈頰，俯首無言，惟袖出片紙。就所持燈視之，某人妻三字而已。吏喜過望，引入內室，故問其來意。婦掩淚曰：「不喻君意，何以夜來？既已來此，不必問矣，惟祈毋失信耳。」吏發洪誓，遂相嬿婉②。潛留數日，大為婦所蠱惑，神志顛倒，惟恐不得婦意。婦暫辭去，言村中日日受侮，難於久住，如城中近君租數楹，便可托庇蔭，免無賴凌藉，亦可朝夕相往來。吏益喜，竟百計白其冤。

【注釋】❶百結：以碎布聯結成的衣服，稱為百結衣。後來常用以指衣服的多補丁。❷嬿（yàn）婉：本意為安閒和順，這裏指男女情愛關係。

獄解之後，遇鄉民，意甚索漠。以為狎昵其婦①，愧相見也。後因事到鄉，詣其家，亦拒不見。知其相絕，乃大恨。

【注釋】❶狎昵：態度輕佻的親近。這裏意指姦污。

會有挾妓誘博者訟於官，官斷妓押歸原籍。吏視之，鄉民婦也，就與語。婦言苦為夫禁制，愧相負，相憶殊深。今幸相逢，乞念舊時數日歡，免杖免解。吏又惑之，因告官曰：「妓所供乃母家籍，實縣民某妻，宜究其夫。」蓋覬慫恿官責，自買之也。遣拘鄉民，鄉民攜妻至，乃別一人。問鄉里皆云不偽。問吏何以誣鄉民？吏不能對，第曰風聞。問聞之何人？則噤無語。呼妓問之，妓乃言吏初欲挾污鄉民妻，妻念從則失身，不從則夫死，值妓新來，乃盡脫簪珥，賂妓冒名往，故與吏狎識。今當受杖，適與相逢，因仍誑托鄉民妻，冀脫棰楚。不虞其又有他謀，致兩敗也。官覆勘鄉民，果被誣。姑念其計出救死，又出於其妻，釋不究，而嚴懲此吏焉。神奸巨蠹，莫吏若矣，而為村婦所籠絡①，如玩弄嬰孩。蓋愚者恆為智者敗，而物極必反，亦往往於所備之外，有智出其上者，突起而勝之。無往不復②，天之道也。使智者終不敗，則天地惟智者存，愚者斷絕矣，有是理哉！

卷十八《姑妄聽之》四

【注釋】❶籠絡：這裏意指駕馭、控制。❷無往不復：《易・泰卦》：「無往不復，天地際也。」意思是：沒有只往不返的，這是天地間自然的法則。

【翻譯】

王梅序講了這樣一件事：交河縣有個被強盜誣指為同夥的人，這是個鄉下人，老實善良，沒法辯明自己的冤枉，便托人賄賂縣吏救助。縣吏聽說強盜之所以誣陷這鄉下人，是因為私下調戲了他的妻子，以致被他打了一頓之故。心想這鄉下人的妻子一定很美，於是推卻賄賂而略微暗示道：「這是秘密的事情，必須他的妻子暗中前來，才可以授予解救的計策。」中間人把話轉告了鄉下人。鄉下人怕被處死而欠考慮，叫岳母到監獄裏，偷偷把這樣做的原因告訴她。岳母回去告知他妻子，妻子憤然不肯答應。

過了兩三天，縣吏家有人夜裏敲門，縣吏開門一看，卻是個乞丐婦人，布巾包頭，穿着打了很多補丁的衣服，直闖入內。問她她不答話，一邊走一邊脱去破衫和布巾，卻是個衣飾華美的豔婦。縣吏驚問她從哪裏來，婦人兩頰羞紅，低着頭不説話，只從衣袖裏拿出一張紙來。縣吏拿來就着手中的燈觀看，上面只有「某人妻」三個字。縣吏大喜過望，把婦人引入臥室，故意問她的來意。婦人抹着眼淚説道：「如果不明白你傳的話，我怎會在夜裏前來？既已來到這裏，就不必問了。只求你不要失信罷了。」縣吏發了個大誓，便與那婦人歡樂一番。縣吏偷偷把婦人留了幾天，被她深深地迷惑住，弄得神魂顛倒，惟恐有甚麼不稱婦人的心意。幾天後，婦人暫且辭別，並説自己在村裏天天受人欺侮，難以久住下去了。如果在城裏離你家不遠處租幾間屋子住下，便可依賴你的庇護，免得被無賴淩辱，又可以早晚往來。縣吏聽了益發高興，竟千方百計地為那鄉下人昭雪冤情。

案件平反之後，縣吏見到那鄉下人，鄉下人的神態很冷漠。縣吏以為因自己姦污了他的妻子，他羞於相見。其後，縣吏因事到鄉下去，找到鄉下人的家，婦人亦拒不見面。他知道那婦人對自己決絕了，便十分懷恨。

這時剛巧有個利用妓女誘使人賭博的人被告到官府，官判妓女押回原籍。縣吏一看這妓女，就是鄉下人的妻子，便湊過去和她說話。婦人說我苦於被丈夫禁止，以致不能和你相見，自愧辜負了你，我是深深懷念你的。現在幸得相逢，求你念在往時幾天歡情的份上，免了打板子和押解原籍的處罰吧。縣吏又被迷住了，於是報告長官說：「妓女所供的是娘家的籍貫，其實她是本縣鄉民某人的妻子，應追究她的丈夫才是。」實則是企圖慫恿長官判妓女交官府拍賣，然後自己把她買去。官派人拘捕鄉下人，鄉下人帶着妻子來到，卻是另一個人。詢問其同村鄰里，都說不假。官問縣吏為甚麼誣告鄉民？縣吏無話可答，只說是聽聞傳說的。官又問是誰說的呢，縣吏閉口無言。官傳妓女來問，妓女便說出縣吏起初想用要脅的辦法姦污鄉民妻子，鄉民妻子考慮到依從則失身，不依從則丈夫會死，剛好這妓女新來此地，她於是把簪子、耳環等首飾通通脫下送給妓女，讓她冒名前往，所以和縣吏熟悉。現在正要受杖刑，又恰好與他相遇，因此便說謊冒充鄉下人的妻子，希望能逃過被打板子的刑罰。料不到縣吏又另有圖謀，以致兩人都敗露了。官員於是重新審訊鄉下人，果然他是被誣陷的。姑且念那計策是出於救死，又是他妻子策劃的，便將鄉下人釋放，不予追究，而嚴懲縣吏。

若說老奸巨猾，沒有比這官吏更甚的了，卻被村婦所控制擺佈，像耍弄嬰孩一樣。大概愚笨的人常常被智者所擊敗，而物極必反，往往在智者的防備之外，有比他更聰明的人突然冒出來戰勝他。有去的必有返回，這是上天的法則呀！如果讓聰明人始終不敗，那麼天地間只有聰明人能生存下來，愚蠢者就要絕種了，哪有這樣的道理呢！

瞽者報仇

一位盲人立志報仇，守候十多年，終於達到目的。按理說，盲人要追尋不盲的仇人，幾乎是不可能的；而一個殘廢者去和強橫的人搏鬥，實在難以相敵。但十多年堅志不回，卻變不可能為可能。作者由此推論宋高宗的偏安半壁，歌舞湖山，實質是不想抵抗恢復，而不應以國勢衰弱作藉口。以小喻大，深含教益。

瞽者劉君瑞言：一瞽者年三十餘，恆往來衛河旁①，遇泊舟者，必問：「此有殷桐乎？」又必申之曰：「夏殷之殷，梧桐之桐也。」有與之同宿者，其夢中囈語，亦惟此二字。問其姓名，則旬日必一變，亦無深詰之者。如是十餘年，人多識之，或逢其欲問，輒呼曰：「此無般桐，別覓可也。」

【注釋】❶衛河：河名。源出河南省輝縣市，至天津匯合白河入海。

一日，糧艘泊河幹，瞽者問如初。一人挺身上岸曰：「是爾耶？般桐在此，爾何能為？」瞽者狂吼如虓虎①，撲抱其頸，口齧其鼻，血淋漓滿地。眾前拆解，牢不可開，竟共墮河中，隨流而沒。後得屍於天妃宮前（海口不受屍②，凡河中求屍不得，至天妃宮前必浮出），桐搥其左脅骨盡斷，終不釋手；十指摳桐肩背，深入寸餘；兩顴兩頰，齧肉幾盡。迄不知其何仇，疑必父母之冤也。

【注釋】❶虓（xiāo）虎：猛虎。❷不受屍：不接受屍體。大概是海潮沖頂河水，以致屍體不流入海中。

夫以無目之人，偵有目之人，其不得決也；以孱弱之人，搏強橫之人，其不敵亦決也。此較伍胥之仇楚①，其報更難矣。乃十餘年堅意不回，竟卒得而食其肉，豈非精誠之至，天地亦不能違乎！宋高宗之歌舞湖山②，究未可以勢弱解也。

卷十八《姑妄聽之》四

【注釋】❶伍胥仇楚：春秋時，楚大夫伍奢被楚平王所殺，其子伍子胥逃到吳國，幫助吳國擊敗楚國，掘楚平王墓，鞭屍三百以報仇。❷宋高宗之歌舞湖山：金兵攻入開封，北宋亡。宋高宗趙構逃至南方，建都臨安，偏安一隅，歌舞享樂，不想去恢復中原失地。

【翻譯】

盲人劉君瑞講了這樣一件事：有位三十多歲的盲人，常常在衛河邊走來走去，遇到泊船靠岸的人，必問道：「裏邊有殷桐這個人嗎？」又必定再加說明道：「是夏殷的殷，梧桐的桐呀。」有和他一起住宿的人，聽到他說夢話，也只是這兩個字。人們問他的姓名，則每隔十來天必定改變一次，但也沒有人去深入盤問原因。這樣過了十多年後，人們大多都認識他，有時碰到他開口想問，便喊道：「這裏沒有殷桐，你去別處找吧。」

一天，有艘運糧船停泊在河岸，盲人像往常那樣去問。有個人挺身上岸道：「是你呀？殷桐就在這裏，你能怎樣？」盲人像猛虎般狂吼起來，撲上去抱住那人的脖子，口咬他的鼻子，弄得鮮血淋漓滿地。眾人上前拆解，卻牢固得解不開，終於兩人一同掉到河裏，隨着流水沉沒了。後來在天妃宮前找到了屍體（海口不承留屍體，凡是在河裏找不到的屍，到天妃宮前必定浮出水面），從屍體上發現，殷桐捶擊盲人的左脅，肋骨全都斷了，盲人始終沒有放手；他十隻手指摳着殷桐的肩背，深入肌肉一寸有餘；殷桐兩顴和雙頰的肉，差不多都被他咬光了。一直不知道他是為了甚麼仇怨，我懷疑必定是為了父母的冤仇。

以這樣失明的人去偵察有眼睛的人，肯定是找不到的；以衰弱的人去和強橫的人搏鬥，其失敗也是必然的。這比之伍子胥向楚國報仇，是更困難的事。但這盲人卻十多年來意志堅決絕不回頭，竟然找到了仇人並食其肉，豈不是精誠所至，天地神靈也不能違背他的意願嗎！宋高宗的歌舞湖山，不思報仇，終究是不能以國勢衰弱為自己辯解的。

四救先生

本篇所列舉的四救四不救辦法，雖說是幕僚相傳的口訣，實際上也是官員們為官處事的準則。它的特點是不問是非曲直，不管責任屬誰，只求事件容易了結，不在自己任內發生麻煩、影響到自己的前程便可。這種害人不淺的壞辦法，根本不是甚麼「以君子之心，行忠厚長者之事」。清代官場黑暗，盡人皆知，讀了本篇當可更加深一層認識。

宋清遠先生言：昔在王坦齋先生學幕時①，一友言夢游至冥司，見衣冠數十人累累入②；冥王詰責良久，又累累出，各有愧恨之色。

【注釋】❶ 學幕：提督學政的幕僚。❷ 衣冠：古代士以上戴冠。衣冠指士以上者的穿戴。後世引申指世族、士紳。

偶見一吏，似相識，而不記姓名，試揖之，亦相答。因問：「此並何人，作此形狀？」吏笑曰：「君亦居幕府，其中豈無一故交耶？」曰：「僕但兩次佐學幕，未入有司署也①。」

【注釋】❶ 有司：古代設官分職，各有專司職責，因稱有司。這裏則專指管理行政的官署，以別於只管教育的學政衙門。

吏曰：「然則真不知矣。此所謂四救先生者也。」問：「四救何義？」曰：「佐幕者有相傳口訣，曰：救生不救死，救官不救民，救大不救小，救舊不救新。救生不救死者，死者已死，斷無可救；生者尚生，又殺以抵命，是多死一人也，故寧委曲以出之。而死者銜冤與否，則非所計也。救官不救民者，上控之案，使冤得申，則官之禍福不可測；使不得申，即反坐不過軍流耳①。而官之枉斷與否，則非所計也。救大不救小者，罪歸上官，則權位重者譴愈重，且牽累必多；罪歸微官，則責任輕者罰可輕，且歸結較易。而小官之當罪與否，則非所計也。救舊不救新者，舊官已去，有所未了，羈留之恐不能償；新官方來，有所委卸，強抑之尚可以辦。其新官之能堪與否，則非所計也。是皆以君子之心，行忠厚長者之事，非有所求取，巧為弄文，亦非有所恩仇，私相報復。然人情百態，事變萬端，原不能執一而論。苟堅持此例，則矯枉過直②，顧此失彼，本造福而反造孽，本弭事而反釀事，亦往往有之。今日所鞫，即以此貽禍者。」問：「其果報何如乎？」曰：「種瓜得瓜，種豆得豆。夙業牽纏，因緣終湊。未來生中，不過亦遇四救先生，列諸四不救而已矣。」俯仰之間，霍然忽醒，莫明其入夢之故，豈神明或假以告人歟？

卷十八《姑妄聽之》四

【注釋】❶反坐：法律名詞。指把被誣告者擬得的刑罰加給誣告者承受。軍流：處流刑發配到軍中服雜役。❷矯枉過直：矯，糾正。枉，彎曲。把彎曲的東西扭直，結果又歪向另一方。比喻糾正錯誤，超過了應有的限度。

【翻譯】

宋清遠先生講了這樣一件事：從前我在王坦齋先生的學政衙門做幕客時，有一同事談起夢遊地府，在那裏見到官紳幾十人聯串進入，閻羅王責問了許久，他們又聯串走出去了，每個人都帶有慚愧悔恨的神色。

我偶然見到其中的一位陰司小官員，似曾相識，但記不起他的姓名了，試向他作揖，他也回禮。我便問道：「這些都是甚麼人，為何表現出這般神態？」那小官員笑道：「先生也在做幕僚，這裏面難道沒有一個老朋友嗎？」我答道：「在下只做過兩次學政的幕僚，沒進過管行政的衙門呀。」

那官員道：「這麼說來，你是真的不知道了。他們就是所謂的『四救先生呀』。」我問：「四救是甚麼意思？」他答道：「做幕僚的人有相傳的口訣，叫做救生不救死，救官不救民，救大不救小，救舊不救新。所謂救生不救死，就是說死的已經死了，絕對救不回來；生的還生，又把他殺了來償命，這便多死一個人了。所以寧可想方設法把他開脱。而死者是否含冤，就不去計較了。所謂救官不救民，就是說在上訴案件中，如果上訴者冤屈得到伸雪，那麼原審官員是禍是福便難預料；倘使上訴者冤屈不得伸雪，即使反坐其罪也不過判處軍流罷了。而官員的是否錯判，則不是所考慮的事了。所謂救大不救小，就是說如果罪責由大官承擔，那麼權大位高的處罰愈重，而被牽連進去的人必定多；如果把罪責歸到小官身上，那麼權位輕的處罰也可以輕，而且結案較為容易。而小官之應不應擔當這個罪，則不是所考慮的了。所謂救舊不救新，就是說舊官已經卸任，有些錢糧等類事情未了結，把他扣留下來，恐怕未必能償還；新官剛剛來，前任有些遺留下來的事情，強壓他辦還是可以辦得了的。至於新官之是否接受得了，則不是所考慮的了。以上這些都是以君子的立心，來做忠厚長者的事情，並不是想從中撈些甚麼，而玩弄法律條文來作弊，也不是對誰有恩、對誰有仇，而私下加以報復。但是人情千態萬狀，世事變化多端，本不能偏執一個方面來立論。倘處處堅持照四救四不救的原則辦，那麼有時便會矯枉過直，顧此失彼，本想造福而反造下罪孽，本想平息事端而反生出事端，這種情況是常常有的。今天所審訊的人，就是因此而惹了禍的。」我問：「這些人會受到甚麼樣的報應？」答道：「種瓜得瓜，種豆得豆，前世的罪業糾纏牽連，因果報應最後必然湊到一起。這些人在來世中，也會遇到四救先生，不過被他們列入四不救之列罷了。」俯仰行禮之間，我忽然醒來了，也不知為甚麼會做這個夢，難道是神明借此來告誡人們嗎？

富人詭計

富翁謀奪別人的妻子，不惜費盡心機，層層布下圈套，又步步消除害人痕跡，居心險惡，令人悚然。而為了金錢，婆家可以賣媳，娘家可以賣女，亦泯盡天良，可悲可鄙。作者認為富翁詭計之周密巧妙，連法律亦奈何他不得，惟有陰間的報應，才能使他得到應有的懲罰。這真是對當時社會的莫大諷刺。

神奸機巧，有時敗也；多財恣横，亦有時敗也。以神奸用其財，以多財濟其奸，斯莫可究詰矣。景州李露園言①：燕齊間有富室失偶②，見里人新婦而豔之。陰遣一媪，税屋與鄰，百計遊説③，厚賂其舅姑，使以不孝出其婦，約勿使其子知。又別遣一媼與婦家素往來者，以厚賂遊説其父母，偽送婦還。舅姑亦偽作悔意，留之飯，已呼婦入室矣，俄彼此語相侵，仍互詬④，逐婦歸，亦不使婦知。於是買休賣休⑤，與母家同謀之事，俱無跡可尋矣。

【注釋】❶景州：今河北省景縣。❷燕齊：河北、山東兩省簡稱，戰國時分別為燕、齊兩國地。❸説（shuì）：勸説。❹詬（gòu）：罵。❺買休賣休：富人用錢買通人家休了媳婦，是買休；反之受錢休媳那家是賣休。

既而二媼詐為媒，與兩家議婚。富室以憚其不孝辭，婦家又以貧富非偶辭，於是謀娶之計亦無跡可尋矣。遲之又久，復有親友為作合，乃委禽焉①。其夫雖貧，然故士族，以迫於父母，無罪棄婦，已怏怏成疾，猶冀破鏡再合②，聞嫁有期，遂憤鬱死。死而其魂為厲於富室，合巹之夕，燈下見形，撓亂不使同衾枕，如是者數夜。改卜其晝，婦又恚曰③：「豈有故夫在旁，而與新夫如是者？又豈有三日新婦，而白日閉門如是者？」大泣不從。

【注釋】❶委禽：下聘禮。委，致送。禽，指雁，古代用作訂婚用的禮物。❷破鏡再合：即樂昌公主破鏡重圓事，注見前。❸恚（huì）：發怒。

無如之何，乃延術士劾治。術士登壇焚符，指揮叱吒①，似有所睹，遽起謝去，曰：「吾能驅邪魅，不能驅冤魄也。」延僧禮懺，亦無驗。忽憶其人素頗孝，故出婦不敢阻。乃再賂婦之舅姑，使諭遣其子。舅姑雖痛子，然利其金，姑共來怒詈②。鬼泣曰：「父母見逐，無復住理，且訟諸地下耳。」從此遂絕。不半載，富室竟死。殆訟得直歟？

【注釋】❶叱吒（zhà）：吆喝。❷詈（lì）：罵。

富室是舉，使鄧思賢不能訟①，使包龍圖不能察②。且恃其錢神③，至能驅鬼，心計可謂巧矣。而卒不能逃幽冥之業鏡④。聞所費不下數千金，為歡無幾，反以殞生。雖謂之至拙可也，巧安在哉！

【注釋】❶鄧思賢：據沈括《夢溪筆談》說，鄧思賢是個善寫訴狀並傳授這種技術的人。❷包龍圖：即俗稱的包公，名拯，曾任龍圖閣學士，世稱包龍圖。❸錢神：錢可通神。張固《幽閒鼓吹》記載：唐代張延賞審一大案，見桌上留一小字條，內稱錢三萬貫，請不要審問此案。張大怒。明日，又有一字條寫道：「十萬貫」。張遂撤掉案子。子弟乘間探問，張道：錢十萬，已可通神，沒有不能挽回的事了。我怕惹禍上身，不得不停止審問此案。❹業鏡：佛教謂陰司有面業鏡，能照見人們在世時的善惡行為。

【翻譯】

老奸巨猾的人，有時會失敗的；富有而放縱專橫的人，有時也會失敗的。如果老奸巨猾的人利用其錢財，以財富來助長他的奸計，那就無法查究了。

景州人李露園講了這樣一件事：河北、山東之間的地方，有個富翁死了老婆，見本鄉某人的新娘子貌美，很羨慕。他暗中支使一個老婦租屋與新娘子為鄰。老婦千方百計對新娘子的公婆遊說，並用許多錢買通了他們，要公婆用不孝的罪名休了兒媳婦，並約定不要讓其兒子知道這事。另外，富翁又派一個和新娘子娘家向有來往的老婦，用許多錢買通她的父母，假意將被休的女兒送回婆家。公婆也假作有後悔之意，留親家吃飯，已把兒媳婦叫入屋裏了，不一會，兩親家彼此口角起來，互相責罵，仍舊把兒媳婦趕走。這事也不讓兒媳婦知道。於是，富人出錢買通婆家，婆家接受錢財休媳的買休、賣休行為，以及婆家與娘家同謀的事，都被掩蓋得無跡可尋了。

不久，這兩個老婦又假裝成媒人，為富翁和媳婦娘家商談婚事。富翁以怕女子不孝的理由推辭，女家又以貧富不配的理由推卻，於是陰謀嫁娶的詭計，也掩蓋得無跡可尋了。又過了很久，再有親友為富翁說合這樁婚事，這才下了聘禮。休妻的丈夫雖然貧窮，但他家從前本是世家大族，因為被父母所逼，把無罪的妻子休了，已苦惱得生起病來，但還希望能破鏡重圓；這時聽說休妻出嫁已訂下日期，終於憤恨抑鬱而死。死後，他的魂魄變為惡鬼來到富翁家，富翁成親的晚上，惡鬼在燈下現形，阻撓搗亂，使他們不能同牀。這樣一連鬧了幾夜。富翁改在白天與新娘同牀，新娘又惱怒道：「哪有前夫在旁邊，卻與新嫁丈夫幹這種事的？又哪有才進門三天的新娘子，大白天關起門來幹這事的？」大哭着不肯答應。

富翁無可奈何，於是請來術士治鬼。術士登上神壇燒符，指揮吆喝，好像看到了甚麼東西，突然起身告辭道：「我能夠驅除妖邪鬼魅，卻不能驅除冤鬼。」富翁請來和尚念經禮懺，也沒有效驗。富翁忽然想起新娘子的前夫向來很孝順，所以父母休他妻子也不敢阻攔，於是他再用錢收買媳婦原來的公婆，叫他們訓誡、趕走其兒子。公婆雖痛心兒子之死，但貪圖錢財，姑且一齊來到富家怒罵兒子。鬼哭道：「父母來趕我走，我沒有再待下去的道理，只好到陰司去控告罷了。」鬼患從此停息。不到半年，富翁竟然死了，或許是鬼的控告得到了公正的判決吧？

富翁這種做法，縱使讓擅長打官司的鄧思賢也告不倒他，即使讓明察秋毫的包龍圖來審理也無法看透。而且富翁自恃錢可通神的力量，甚至能夠驅鬼，其心計也可謂巧詐了，而最終不能逃過陰司的照業鏡。聽說富翁所花的錢不少於幾千兩銀子，得到的歡樂不多，反因此送掉性命，由此看來，說那富翁是最愚蠢的也可以，那巧妙的算計又巧在哪裏呢！

駁乩詩

扶乩這種迷信活動，過去頗有人信之不疑。拆穿了不外運用兩種方法，一是平時準備好一批模棱兩可的乩語、處處都套得上的詩詞；二是鍛煉手法純熟，隨機應變。方法簡單，殊不高明，所以只能騙騙沉迷於此的迷信者，明眼人是隨時能指出乩語謬妄，拆穿其騙局的。

乾隆壬午九月①，門人吳惠叔邀一扶乩者至，降仙於余綠意軒中。

【注釋】❶ 乾隆壬午：清代乾隆二十七年。

下壇詩曰①：「沉香亭畔豔陽天，斗酒曾題詩百篇。二八嬌嬈親捧硯，至今身帶御爐煙。」「滿城風葉薊門秋②，五百年前感舊遊。偶與蓬萊仙子遇，相攜便上酒家樓。」余曰：「然則青蓮居士耶③？」批曰：「然。」趙春澗突起問曰：「大仙斗酒百篇④，似不在沉香亭上。楊貴妃馬嵬隕玉⑤，年已三十有八，似爾時不止十六歲。大仙平生足跡，未至漁陽⑥，何以忽感舊遊？天寶至今⑦，亦不止五百年，何以大仙誤記？」乩惟批「我醉欲眠」四字。再叩之，不動矣。

【注釋】❶下壇詩：所謂神仙降臨時表明身份的詩。❷薊門：薊州。唐代轄境為今天津市薊縣一帶。❸青蓮居士：唐代大詩人李白自號青蓮居士。❹斗酒百篇：杜甫《飲中八仙歌》：「李白斗酒詩百篇，長安市上酒家眠。」《新唐書・李白傳》稱唐玄宗曾召李白到沉香亭賦詩，但斗酒百篇的舉動，則不在沉香亭上發生。❺楊貴妃：唐玄宗寵妃楊玉環。安祿山叛變，玄宗逃離長安，行至馬嵬坡，將士恨楊氏兄妹誤國，發生騷動。玄宗被逼將楊玉環縊死，死時年三十八歲。以此推算，則小説流傳的楊玉環捧硯讓李白寫詩時，也不止十六歲了。❻漁陽：唐薊州治所在漁陽。❼天寶：唐玄宗年號，其時至清乾隆二十七年，中間相隔已一千多年了。

大抵乩仙多靈鬼所托，然尚實有所憑附。此扶乩者，則似粗解吟詠之人，煉手法而為之，故必此人與一人共扶，乃能成字，易一人則不能書。其詩亦皆流連光景，處處可用，知決非古人降壇也。爾日猝為春澗所中，窘迫之狀可掬。後偶與戴庶常東原議及①，東原駁曰：「嘗見別一扶乩人，太白降壇，亦是此二詩，但改『滿城』為『滿林』，『薊門』為『大江』耳。」知江湖遊士，自有此種稿本，轉相授受，固不足深詰矣。（宋蒙泉前輩亦曰：「有一扶乩者至德州，詩頃刻即成。後檢之，皆村書《詩學大成》中句也②。）

卷二十一《灤陽續錄》三

【注釋】❶庶常：官名。翰林院庶吉士的俗稱。❷村書：舊時農村學塾中使用的幼童啟蒙讀物。

【翻譯】

清代乾隆二十七年九月，我的門生吳惠叔邀請一位扶乩的人來，在我家綠意軒中擺壇降仙。

沙盤中寫出下壇詩道：「沉香亭畔豔陽天，斗酒曾題詩百篇。二八嬌嬈親捧硯，至今身帶御爐煙。」「滿城風葉薊門秋，五百年前感舊遊。偶與蓬萊仙子遇，相攜便上酒家樓。」我說：「那麼你就是青蓮居士嗎？」批道：「是的。」趙春潤突然站起問道：「大仙飲斗酒題詩百篇的地方，似乎不是在沉香亭上。楊貴妃在馬嵬坡被縊死，已經三十八歲了，似乎捧硯時不止十六歲。大仙平生的行蹤，未到過漁陽，怎麼忽然感念舊遊？唐代天寶年間到現在也不止五百年，為甚麼大仙誤記了？」乩盤上只批「我醉欲眠」四個字。再問它，乩架不動了。

大概乩仙多是有靈氣的鬼所依託，但還是實際有所憑藉的。如今這個扶乩的人，則似是個略懂吟詠詩歌的人，練熟了手法而做出來的，所以必須這人同另一人共同扶乩，才能寫成字體，換一個人便寫不成字了。他所寫出的詩都是留連風光景物，處處都用得上的。可知這絕不是古人降壇。那天驟然間被趙春潤擊個正着，其狼狽的情形令人發笑。

後來，我偶然和戴東原庶常談到這事，東原驚叫道：「我曾見另一扶乩的人，請到太白降壇，也是這二首詩，只不過改『滿城』為『滿林』，『薊門』為『大江』罷了。」因此可知江湖遊士本有這種稿本，互相流傳傳授，本來就不值得去深入查究。（宋蒙泉前輩也說：有一個扶乩的人到德州，一會兒即把詩寫成。後來我查書，發現那都是鄉村兒童的啟蒙課本《詩學大成》中的句子哩。）

書癡

明代末年道學盛行，科第被推重，讀書人受其影響，成了只知死讀書的書呆子，對世事人情，懵然不知。到了清代初年，這種風氣仍然存在，作者對此深為不滿，通過這個故事來揭露它的毒害。文中寫書呆子辯論門神的情態，愈認真莊重愈顯出其呆氣十足，刻畫盡致，讓人如見其人。

先姚安公曰：「子弟讀書之餘，亦當使略知家事，略知世事，然後可以治家，可以涉世。明之季年，道學彌尊，科甲彌重。於是黠者坐講心學①，以攀援聲氣②；樸者株守課冊，以求取功名。致讀書之人，十無二三能解事。崇禎壬午③，厚齋公攜家居河間，避孟村土寇。厚齋公卒後，聞大兵將至河間，又擬鄉居。瀕行時，比鄰一叟顧門神歎曰：『使今日有一人如尉遲敬德、秦瓊④，當不至此。』汝兩曾伯祖，一諱景星，一諱景辰，皆名諸生也。方在門外束襆被⑤，聞之，與辯曰：『此神荼、鬱壘像⑥，非尉遲敬德、秦瓊也。』叟不服，檢丘處機《西遊記》為證⑦。二公謂委巷小說不足據⑧，又入室取東方朔《神異經》與爭⑨。時已薄暮，檢尋既移時，反復講論又移時，城門已闔，遂不能出。次日將行，而大兵已合圍矣。城破，遂全家遇難。惟汝曾祖光祿公、曾伯祖鎮番公及叔祖雲台公存耳。死生呼吸、間不容發之時，尚考證古書之真偽，豈非惟知讀書不預外事之故哉！」

【注釋】❶心學：南宋陸九淵、明代王守仁創立的學派。他們把「心」看作宇宙萬物的本原，提出「聖人之學，心學也」的理論，因此後來便稱此派為心學。❷攀援聲氣：互相提攜拉攏，互通聲氣，結成宗派。❸崇禎壬午：明代崇禎十五年。❹尉遲敬德、秦瓊：唐太宗部下兩員勇將，後來被奉為門神。❺襆（fú）：鋪蓋卷。❻神荼（shēn shū）、鬱壘（lǜ）：傳說中上古有神荼、鬱壘兄弟二人，能捉鬼。後世遂繪二人貼門上，左神荼，右鬱壘，俗稱門神。❼丘處機《西遊記》：元代道教首領丘處機，道號長春真人，曾隨軍遊西域。丘的弟子李志常據其事蹟寫成遊記，稱《長春真人西游記》。❽委巷小說：委巷，曲折的小巷。《漢書・藝文志》小說類曰：「小說家流，蓋出於稗官，街談巷語，道聽途說者所造也。」其實《長春真人西遊記》一書並非小說，景星二人是據書名誤解的。❾東方朔：西漢文學家。《神異經》是一部志怪小說，為後人所作，託名於他的。

姚安公此論，余初作各種筆記，皆未敢載，為涉及兩曾伯祖也。今再思之，書癡尚非不佳事，古來大儒似此者不一，因補書於此。

卷二十一《灤陽續錄》三

【翻譯】

先父姚安公對我說：「子姪輩除讀書之外，也應當使他們略懂些管理家事的知識，略懂些處世的方法，然後才能夠管好家事，才能夠應付世事。明代末年，道學被捧得越來越高，科第功名被看得越來越重，於是，狡猾的人端坐着空談心學，以攀上高位，互通聲氣拉攏；樸實的人則死守着課本，以求取科第功名。這使得讀書人之中，十個裏頭也找不到兩三個懂得世事的。明代崇禎十五年，你高祖父厚齋公將全家遷到河間府，以逃避孟村土寇的騷擾。厚齋公死後，聽說清兵將到河間府，於是全家又打算遷到鄉下居住。臨走時，鄰居一位老人家回頭看着門神歎道：『假如現在能有一個像尉遲敬德、秦瓊那樣的人，天下也不會落到這般地步！』你的兩位曾伯祖，一位名叫景星，一位名叫景辰，都是有名氣的秀才，他們正在門外捆紮鋪蓋，聽了這話，便同他爭辯說：『這是神荼、鬱壘的畫像，不是尉遲敬德和秦瓊呀！』那老人家不服氣，取出丘處機著的《西遊記》來作證。二公認為這是來源於街談巷議的小說，不足為據，又到屋內取出東方朔的《神異經》和老人爭辯。當時已是黃昏，查找翻檢書籍既費了許多時間，反復講解辯論又費去不少時間，這時城門已經關閉，他們也就出不了城。第二天將要動身，而大軍已把城池包圍起來。城被攻破，他們便全家遇難。只有你曾祖父光祿公、曾伯祖鎮番公及叔祖雲台公活下來而已。當生與死處在一呼一吸的瞬間、間不容髮的時候，他們還在考證古書的真偽，豈不是只知讀書不接觸世事的緣故嗎？」

姚安公這番議論，我初時寫作的各種筆記，都不敢記載，因為這涉及到兩位曾伯祖。現在再細想這事，書癡還不是不好的事，自古以來大學者像這樣的不止一個，因此，我便把它補記在這裏。

雲南一縣令

雲南一位縣令的一生一「死」，立見榮衰。其中描述縣令生時，鄉人對其家屬的熱，與「死」後的冷，形成強烈對比。亦可見出舊社會的炎涼世態和人情翻覆。

門人有作令雲南者，家本清寒，僅攜一子一僮，拮据往①，需次會城②。

【注釋】❶拮（jié）据：經濟窘迫。❷需次：官吏授官後，依次等候派充實缺。會城：省會。

久之，得補一縣，在滇中，尚為膏腴地。然距省窵遠①，其家又在荒村，書不易寄。偶得魚雁②，亦不免沉浮，故與妻子幾斷音問。惟於坊本搢紳中③，檢得官某縣而已。

【注釋】❶ 窎（diào）：遠隔。❷ 魚雁：古樂府《飲馬長城窟行》：「呼兒烹鯉魚，中有尺素書。」《漢書・蘇武傳》：「教使者謂單于，言天子射上林中，得雁，足有繫帛書。」後因合稱書信為魚雁。❸ 坊本搢紳：書坊定期刊行的職官姓名錄稱《搢紳錄》，內載各官員姓名、籍貫、任職等。

偶一狡僕舞弊，杖而遣之。此僕銜次骨。其家事故所備知，因偽造其僮書，云主人父子先後卒，二棺今浮厝佛寺①，當借資來迎。並述遺命，處分家事甚悉。初，令赴滇時，親友以其樸訥②，意未必得缺；即得缺，亦必惡。後聞官是縣，始稍稍親近，並有周恤其家者，有時相饋問者。其子或有所稱貸，人亦輒應，且有以子女結婚者。鄉人有宴會，其子無不與也。及得是書，皆大沮，有來唁者，有不來唁者。漸有索逋者③，漸有道途相遇似不相識者。僮奴婢媼皆散。不半載，門可羅雀矣。既而令托入覲官寄千二百金至家迎妻子④，始知前書之偽。舉家破涕為笑，如在夢中。親友稍稍復集，避而不敢見者，頗亦有焉。後令與所親書曰：「一貴一賤之態，身歷者多矣；一貧一富之態，身歷者亦多矣。若夫生而忽死，死逾半載而復生，中間情事，能以一身親歷者，僕殆第一人矣。」

卷二十一《灤陽續錄》三

【注釋】❶厝（cuò）：停棺待葬或淺埋以待改葬。❷訥（nè）：説話遲鈍。❸逋（bū）：拖欠金錢。❹覲（jìn）：官員進京晉見皇帝。

【翻譯】

我的門生中有個在雲南做知縣的，他家境本來十分貧寒，只能攜帶一個兒子和一個僕人，經濟窘迫地前去赴任。

他在雲南省城候補職缺，等了很久，最後得到委派在某縣。這個縣在雲南還算得上是個肥沃富庶的地方，但是距離省城很遠。他的老家又在偏僻的鄉村，很難通信，偶然找到送信的人了，又不免中途失落，所以他和妻兒幾乎斷絕了音訊。他的家人也只能從書坊印行的《縉紳錄》中，查到他在某縣做官而已。

這時，偶然有個狡猾的僕人舞弊，縣官把他打了一頓板子後趕走了。這僕人對主人懷恨入骨，他對縣官的家事本就知道得詳細，於是偽造一封書童的信寄到縣官的老家。信中說：主人父子先後死了，兩副棺材現在暫停放在佛寺裏，你們應當借錢來迎取棺木回去。信裏還轉述了縣官的遺囑，對家中各事的處理都很詳細。起初，縣官前往雲南時，親友們認為他為人樸實，說話遲鈍，估計他未必能補得到職缺；即使得到職缺了，也肯定分配到貧困荒僻的縣份。後來知道他在這個縣做官，才對他的家屬漸漸親近，並且有對他家屬給予接濟的，有經常贈送禮物慰問的。縣官的兒子有時要借錢，人們也每每答應，並且有以子女來同他家結親的。家鄉人有宴會舉行，他的兒子無不被邀參加。及至接到那封偽信，親友都大為失望，有前來弔唁的，也有不來弔唁的。漸漸有前來討債的人，漸漸有在路上相遇而裝做不認識的人，家僮僕人、婢女老媽子都走了。不到半年，縣官的老家已經冷落得門可羅雀了。

不久，縣令托一位進京晉見皇帝的官員，代帶一千二百兩銀子回家，用來迎妻子赴任所，他們這才知道前時那封信是假的。全家於是破涕為笑，好像在夢裏一樣。親友這時又漸漸再到他家，其中好些是此前避而不見的人。後來，縣令在寫給親友的信中說道：「一時貴一時賤所碰到的炎涼世態，我經歷得多了；一時貧一時富所碰到的炎涼世態，我經歷的也很多。至於活着的人忽然變成死人，死了半年多而又復活，這其間的人情世態能夠讓一個人親身經歷的，我大概是第一個了。」

宣武門土堆

民間傳説，往往有附會其事而成的，相傳日久，不免以訛為真。作者留意所謂五火神墓，發覺史料上並無這樣的記載，頗覺可疑。至於他引用京營舊卒的解釋，倒是言之成理、較為可信的。

宣武門子城內①，有培塿者五②，砌之以磚，土人云五火神墓。明成祖北征時，用火仁、火義、火禮、火智、火信製飛炮，破元兵於亂柴溝。後以其術太精，恐或為變，殺而葬於是。立五竿於麗譙側③，歲時祭之，使鬼有所歸，不為厲焉。後成祖轉生為莊烈帝④，五人轉生李自成、張獻忠諸賊，乃復仇也。

此齊東之語⑤，非惟正史無此文，即明一代稗官小説，充棟汗牛⑥，亦從未言及斯人斯事也。

【注釋】❶宣武門：北京舊城有九門。其南之西門，元代稱順承，明代改稱宣武，俗又稱順治門。見《嘉慶一統志》。子城：大城所附的子城，如內城及月城、甕城等。❷培塿（pǒu lǒu）：小土丘。❸麗譙（qiáo）：高樓。後亦以稱譙樓，即更鼓樓。❹莊烈帝：明思宗亡國自縊，清順治十六年謚為莊烈愍皇帝。❺齊東之語：齊國東鄙野人之語。見《孟子・萬章》。後稱不足信的話是齊東野語。❻充棟汗牛：柳宗元《陸文通先生墓表》：「其為書，處則充棟宇，出則汗牛馬。」充棟宇，是説書籍堆滿屋子，高可到棟樑；汗牛馬，是説牛馬運送書籍時累得出汗。後因以汗牛充棟形容書籍之多。

戊子秋①，余見漢軍步校董某，言聞之京營舊卒云：「此水平也②。京師地勢，惟宣武門最低，衢巷之水，遇雨皆匯於子城。每夜雨大驟，守卒即起，視此培塿，水將及頂，則呼開門以泄之；沒頂則門扉為水所壅③，不能啟矣。今日久漸忘，故或有時阻礙也。其城上五竿，則與白塔信炮相表裏④。設聞信炮，則晝懸旗，夜懸燈耳。與五火神何與哉！」此言似乎近理，當有所受之。

卷二十二《灤陽續錄》四

【注釋】

❶戊子秋：紀昀作《閱微草堂筆記》是在晚年，此處戊子應為乾隆三十三年。❷水平：測定水平的用具。此處指以小土丘作為顯示水平標準的地方。❸壅（yōng）：阻塞。❹表裏：表指外，裏指內。表裏即裏外。

【翻譯】

北京宣武門子城裏面，有五個像小山丘似的土堆，上面砌上磚，當地人說這是五位火神的墓。明成祖北征時，使用火仁、火義、火禮、火智、火信五人製造飛炮，在亂柴溝打敗了元兵。後來，明成祖認為這五個人技術太精湛了，恐怕會成為禍患，便殺了他們葬在這裏。豎立五根木竿在更鼓樓旁邊，每逢年節祭祀他們，使鬼魂有所歸宿，不致成惡鬼騷擾。後來明成祖轉世投胎為明莊烈帝，這五人轉世投胎為李自成、張獻忠一班「賊人」，專為報仇。這些傳說其實是齊東野語，不但正史沒有記載，就是明代的稗官小說之類的書，儘管多得汗牛充棟，也從未談及這五個人和有關的那些事。

乾隆三十三年秋天，我見到漢軍步校董某，他說從北京營退伍老兵聽來的話是：「這五個土堆是測量水位高低的。京城地勢，只有宣武門最低。街巷裏的水，遇到下雨時便匯聚到子城來。每逢夜裏下雨下得緊，守護士兵就起來看看這土堆，如果水將浸到頂了，便叫人打開城門排泄掉；如果等到水浸過土堆頂，那麼城門便會被水所阻塞，打不開了。現在歷時日久，漸漸忘了這個措施，所以有時會發生障礙。那城樓上的五根木竿，則是與白塔的信炮內外呼應的。如果聽到了信號炮響，那麼白天便在木竿上掛旗，夜裏則掛上燈籠。這和五位火神有甚麼關係呢！」這話似乎近於情理，必定是有所根據的。

鬼怕強項人

這個故事中的鬼和別的鬼有所不同，它先是採用嚇的方法，嚇不倒人就改用哄的手段，可謂軟硬兼施，靈活應變了。不料戴某竟是那樣固執剛強的人，既不怕嚇，也不受哄，結果不是人怕鬼，而是鬼怕人了。

戴東原言：其族祖某，嘗僦僻巷一空宅①。久無人居，或言有鬼。某厲聲曰：「吾不畏也。」入夜，果燈下現形，陰慘之氣，砭人肌骨②，一巨鬼怒叱曰：「汝果不畏耶？」

【注釋】❶僦（jiù）：租賃。❷砭（biān）：刺。

某應曰：「然。」遂作種種惡狀，良久，又問曰：「仍不畏耶？」又應曰：「然。」鬼色稍和，曰：「吾亦不必定驅汝，怪汝大言耳。汝但言一『畏』字，吾即去矣。」某怒曰：「實不畏汝，安可詐言畏？任汝所為可矣！」鬼言之再四，某終不答。鬼乃太息曰：「吾住此三十餘年，從未見強項似汝者①。如此蠢物，豈可與同居！」奄然滅矣。

【注釋】❶ 強項：不肯低頭，倔強。

或咎之曰：「畏鬼者常情，非辱也。謬答以畏，可息事寧人。彼此相激，伊於胡底乎①？」某曰：「道力深者，以定靜祛魔②，吾非其人也。以氣凌之，則氣盛而鬼不逼；稍有牽就，則氣餒而鬼乘之矣。彼多方以餌吾，幸未中其機械也。」論者以其說為然。

【注釋】❶伊於胡底：不知道會弄到甚麼地步。❷袪（qū）：除去。

【翻譯】

戴東原講了這樣一件事：他的本族祖父某人，曾租住偏僻小巷裏一所空房。房子很久沒人居住，有人説裏面有鬼，某人厲聲説道：「我不怕。」到了夜晚，果然在燈下現出鬼形，陰寒之氣，刺人肌骨。一個高大的鬼怒喝道：「你真的不害怕嗎？」

某人應聲答道：「是的。」那鬼便作出種種醜惡形狀，過了許久，又問道：「你仍然不怕嗎？」又答道：「是的。」那鬼臉色稍為和緩，説道：「我也不一定要趕走你，不過怪你口出大言罷了。你只要説一個『怕』字，我就離開。」某人怒道：「我實在不怕你，怎能撒謊説怕呢？任由你要怎樣做便怎樣做吧！」某鬼仍是三番四次地那樣説，某人始終不答。鬼便歎口氣道：「我在這裏住了三十多年，從來沒見過像你這樣倔強的人。這樣愚蠢的東西，我怎可以和他同住一起！」説完，突然消失了。

有人責怪某人道：「怕鬼是人之常情，並非恥辱。你假裝答以說怕，便可息事寧人。像這樣彼此激烈對抗，那將弄到怎樣的田地呢？」某人說道：「道力深厚的人，用穩定和寧靜來驅除魔怪，但我不是這樣的人呀。我用剛強的氣概來壓它，那麼氣勢旺盛則鬼不敢相逼；如果我稍微遷就，便會氣餒，而鬼便得以乘機侵犯。它用各種方法來誘我入圈套，我幸好沒有中了它的詭計。」議論這事的人認為某人的說法是對的。

嚴先生

本篇包括打鬼、責鬼、問鬼三個故事。每個故事中的主人公都各有不同的態度：嚴先生執拗剛強，某儒生從容說理，沈豐功笑談隨意。但歸根結底，他們都是不怕鬼或者不信有鬼的，才不致庸人自擾，才能鎮定從容，令鬼卻步。

李匯川言：有嚴先生，忘其名與字。值鄉試期近，學子散後，自燈下夜讀。一館童送茶入，忽失聲仆地①，碗碎鏗然。嚴驚起視，則一鬼披髮瞪目立燈前。嚴笑曰：「世安有鬼，爾必黠盜飾此狀，欲我走避耳。我無長物②，惟一枕一席。爾可別往。」鬼仍不動。嚴怒曰：「尚欲紿人耶？」舉界尺擊之③，瞥然而滅。嚴周視無跡，沉吟曰：「竟有鬼耶？」既而曰：「魂升於天，魄降於地，此理甚明。世安有鬼，殆狐魅耳。」仍挑燈琅琅誦不輟。此生崛強，可謂至極，然鬼亦竟避之。蓋執拗之氣，百折不回，亦足以勝之也。

【注釋】❶失聲：禁不住發出聲音。❷長（zhàng）物：多餘的東西。❸界尺：寫字時用以間隔行距或壓紙的尺子。

又聞一儒生，夜步廊下，忽見一鬼，呼而語之曰：「爾亦曾為人，何一作鬼，便無人理？豈有深更昏黑，不分內外，竟入庭院者哉？」鬼遂不見。此則心不驚怖，故神不瞀亂①，鬼亦不得而侵之。

【注釋】❶瞀（mào）：紛亂。

又故城沈丈豐功（諱鼎勳，姚安公之同年①），嘗夜歸遇雨，泥潦縱橫，與一奴扶掖而行，不能辨路。經一廢寺，舊云多鬼。沈丈曰：「無人可問，且寺中覓鬼問之。」徑入，繞殿廊呼曰：「鬼兄鬼兄，借問前途水深淺？」寂然無聲。沈丈笑曰：「想鬼俱睡，吾亦且小憩。」遂偕奴倚柱睡至曉。此則襟懷灑落，故作遊戲耳。

卷二十三《灤陽續錄》五

【注釋】❶同年：科舉考試中同科考中的人互稱為同年。

【翻譯】

李匯川講了這樣一件事：有位嚴先生，忘記他的名和字了。適值鄉試日期臨近，嚴先生為了準備應試，於學生散學後，獨自在燈下讀書。一個書童為他送茶進來，忽然失聲跌倒在地，茶碗「乓」的一聲打碎了。嚴先生受驚，起來查看，只見一個鬼披頭散髮，瞪大眼睛站在燈前。嚴先生笑道：「世界上哪有鬼？你必定是個狡猾的賊人，裝成這樣子，想嚇跑我罷了。我沒有多餘的東西，只有一個枕頭，一牀蓆子。你要偷東西可到別處去。」鬼還是一動不動。

嚴先生發怒道：「你還想騙人嗎？」拿起界尺打它，一眨眼鬼就消失了。嚴先生四下查看，並沒一點蹤跡。他自言自語道：「竟然真的有鬼嗎？」隨後又說道：「人死後魂升上天空，魄降落在地下，這道理是很明白的。世上怎會有鬼，這大概是狐魅罷了。」便仍舊挑亮燈火，琅琅誦讀不停。這位先生的倔強，可謂到了極點，但是鬼也竟然避開了他。大概他那執拗的氣性，百折不回，也足以壓倒鬼魅的。

又聽說有位書生，夜裏在走廊散步，忽然見到一個鬼，便喚鬼過來，對它說：「你也曾做過人，為甚麼一做了鬼，便喪失了人的常情了？哪有深更黑暗的時候，不分內外，竟然闖入人家庭院的呢？」鬼於是就消失了。這就是人們心裏不懼怕，所以神智就不會紛亂，鬼也無法侵犯他了。

另外又有一件事。故城縣沈豐功老先生（名叫鼎勳，我父親姚安公的同年），曾在夜裏歸家時遇到下雨，地上泥水縱橫，他和一個僕人互相攙扶着行走，都分辨不出道路來了。他們行經一座荒廢了的寺廟，以前人們都說這廟裏常鬧鬼。沈老先生說：「找不到人問路，暫且到廟裏找鬼來問問吧。」他們徑直入內，繞着殿廊喊道：「鬼大哥，鬼大哥，請問前邊路上的積水深淺如何？」但殿裏寂然沒有回聲。沈老先生笑道：「想來鬼都睡了，我們也暫且歇歇。」便同僕人一起倚着殿柱，睡到天明。這是胸懷灑脫的人，故意開這種玩笑罷了。